Katrin Koppold

ZIMTZAUBER

AF140041

Buch

Die Buchhändlerin Elisa ist nicht abergläubisch. Doch seit sie aus Versehen den Schornsteinfeger zu Fall gebracht hat, geht in ihrem Leben einiges schief. Nachdem ihr eine Wahrsagerin auf einer vorweihnachtlichen Party eine tiefschwarze Aura bescheinigt und furchtbares Pech prophezeit, wird ihr klar: Sie muss den Mann aufsuchen und ihn um Verzeihung bitten.

Das ist allerdings gar nicht so einfach. Denn der Schornsteinfeger hat sich über Weihnachten in die Abgeschiedenheit der Berge zurückgezogen und ist überhaupt nicht begeistert, als Elisa auf einmal dort auftaucht und ihn mit Aufmerksamkeit überschüttet. Bis ein Unfall am Heiligen Abend die beiden unerwartet zusammenschweißt …

Autorin

Katrin Koppold alias Katharina Herzog begeistert an ihrem Beruf, dass sie als Autorin immer wieder zu Recherchezwecken in die Länder fahren kann, in denen ihre Bücher spielen. Für ihre erwachsenen Leser reiste sie an die Amalfiküste, nach Amrum, La Gomera und vielen weiteren Orten, an die sie ihr Herz verloren hat.

Mit ihrem ersten Jugendroman, der im Herbst 2019 bei Loewe erscheint, erfüllte sie sich einen besonderen Wunsch: Sie ist nach Island geflogen, wo sie Wale beobachtete, ein Flugzeugwrack mitten im Nirgendwo besuchte und sich den schwarzen Sand am Diamantstrand durch die Finger gleiten ließ.

Für mehr Informationen:
www.katharina-herzog.com

Katrin Koppold

ZIMTZAUBER

Roman

Bibliografische Information der Deutschen Nationalbibliothek:
Die Deutsche Nationalbibliothek verzeichnet diese Publikation
in der Deutschen Nationalbibliografie; detaillierte bibliografische
Daten sind im Internet über http://dnb.dnb.de abrufbar.

© Aureolus Verlag 2016
Inhaberin: Katrin Hohme, Marzling
1. Auflage

Covergestaltung © Claudia Kaschmieder Graphikdesign & Il-
lustration
Covermotive: shutterstock, adobeshop

Herstellung und Verlag: BoD – Books on Demand, Norderstedt

ISBN: 9783738606539

»And above all, watch with glittering eyes the whole world around you because the greatest secrets are always hidden in the most unlikely places. Those who don't believe in magic will never find it.«

(aus „The Minpins" von Roald Dahl)

1. KAPITEL

»Sie sind spät dran, Elisa.« Vivian Hasselbusch schob den Ärmel ihres Pelzmantels zurück und tippte sich auf ihre goldene Armbanduhr.

»Der Laden öffnet doch erst in einer Stunde«, hätte ich gerne protestiert. Da aber schon allein das unerwartete Auftauchen meiner Chefin an diesem vierten Adventssamstag mir den Schweiß auf die Stirn trieb, murmelte ich lediglich: »Der Verkehr ... Tut mir sehr leid, Frau Hasselbusch.«

Zum Glück war Frau Hasselbusch mit Besuchen im Fitnessstudio, Dinner-Partys bei ihren High-Society-Freunden oder Reisen mit ihrem stinkreichen Mann so ausgelastet, dass sie nur selten im Buchladen vorbeikam. Hätte das Geschäft nicht zuvor ihrer Mutter gehört, hätte sie es längst verkauft. Elisabeth Lehner lebte zwar mittlerweile im Seniorenheim, war aber immer noch quietschlebendig. Und weil die alte Dame darauf bestand, dass der Laden in Familienbesitz blieb und ihre Tochter sich darum kümmerte, war er meiner Chefin ein steter Dorn im Auge, und sie machte aus ihrer Abneigung gegen ihn – und mich! – keinen Hehl.

Mit zittrigen Fingern durchsuchte ich meine Handtasche nach dem Ladenschlüssel. Ich brauchte vier Anläufe, um ihn ins Schloss zu stecken, und als es mir endlich gelang, wäre ich vor Erleichterung fast in Ohnmacht gefallen.

Aus dem Augenwinkel beobachtete ich, wie Frau Hasselbusch die Auslage der Buchhandlung musterte. Ob ihr die mit Schleifen geschmückte Tannengirlande, die schneebedeckten Keramikhäuser, die Strohsterne und die alte Modelleisenbahn, die sich zwischen all den Büchern hindurchschlängelte, genauso gut gefielen wie mir?

»An der Lichterkette ist eine Birne kaputt.« Sie zeigte mit ihrer dürren Hand auf das nostalgische und in die Jahre gekommene Metallschild über dem Schaufenster, das einst ihre Mutter aufgehängt hatte, und auf dem in verschnörkelter Schrift »Lizzies Bücherträume« stand, sanft erleuchtet von bunten Weihnachtslichtern.

Wohl nicht. Ich seufzte leise. Aber vielleicht würde das Innere des Buchladens vor ihren Augen Gnade finden. Ich hatte mir solche Mühe bei der Dekoration gegeben. Die abgewetzten Tische, auf denen die Bücher präsentiert wurden, hatte ich mit dickem Samt überzogen. Kränze mit roten und grünen Kugeln schmückten die Wände. Zimtstangen und mit Sternanis gespickte Orangen verströmten einen köstlichen Duft. Sogar einen Weihnachtsbaum hatte ich eigenhändig ins Geschäft geschleppt und ihn mit Äpfel, Nüssen und Lebkuchen geschmückt. Wenn der Laden gleich seine Türen öffnete, würden Teller mit selbstgebackenen Plätzchen und Lebkuchen für die Kunden bereitstehen, und ein Topf mit Punsch.

»Sie scheinen in der Weihnachtszeit einen ausgeprägten Hang zu Kitsch und Pomp zu entwickeln.« Frau Hasselbusch rümpfte die Nase. »Der fette Kerl dort muss auf jeden Fall weg.« Sie zeigte auf die Figur eines rotwangigen Weihnachtsmanns, der mit einem Sack in der Hand auf einem der Büchertische stand und fröhlich lächelte. »Und diese dicken Engel und den adipösen Schneemann entfernen Sie bitte auch.«

Ich zog unwillkürlich den Bauch ein. Nicht, dass er Frau Hasselbusch noch auf dumme Gedanken brachte, und ich ebenfalls wegrationalisiert wurde.

Elke, meine Mitarbeiterin, betrat den Buchladen. Mit ihrer Knubbelnase und der runden Brille ähnelte sie ein bisschen einem Gartenzwerg. Einem Gartenzwerg, der ganz in Strick gekleidet war. Sie zog sich die Wollmütze vom Kopf, schüttelte den Schnee von ihren halblangen braunen Haaren und schaute Frau Hasselbusch ohne jede Spur von Angst in die Augen.

»Wie kommen wir zu der Ehre Ihres Besuchs?«, fragte sie.

Frau Hasselbusch beachtete sie nicht. »Ich möchte mit Ihnen über das Geschäft reden, Elisa. Mein Steuerberater hat mir gestern die Zahlen des letzten Quartals übermittelt. Sie sind nicht zufriedenstellend.«

»Was haben Sie erwartet? Im Sommer werden weniger Bücher verkauft. Das war schon immer so«, erklärte Elke spöttisch.

»Nun …«, Frau Hasselbusch lächelte zuckersüß, »dann ist es ja gut, dass jetzt Winter ist.« Ihre Stimme wurde um mehrere Grade kälter. »Ich hoffe, Sie haben es geschafft, in der Adventszeit das Minus des Sommerlochs auszugleichen. Sonst werde ich mich im nächsten Jahr wohl nach einer anderen Geschäftsführerin umsehen müssen.« Sie versetzte dem Weihnachtsmann einen Schubs, sodass er nach hinten kippte und wie ein Käfer auf dem Rücken lag. »Wenn ich mit meinen Freundinnen gefrühstückt habe, schaue ich noch einmal bei Ihnen vorbei. Und heizen Sie endlich den Kamin ein. Es ist unfassbar kalt hier drin.«

Sie nickte Elke und mir knapp zu und rauschte von dannen.

»Oh Gott, sie kommt wieder«, jammerte ich, nachdem die Tür hinter ihr ins Schloss gefallen war. »Sonst sehen wir sie monatelang nicht. Und heute will sie gleich zweimal vorbeikommen.« Ermattet ließ ich mich gegen die Ladentheke sinken. »Und hast du gehört, was sie gesagt hat? Sie will mich rausschmeißen, wenn die Umsätze nicht besser werden.«

Das durfte auf gar keinen Fall passieren! Ich liebte den Laden, seit ich das erste Mal auf meinem Weg zur Grundschule daran vorbeigekommen war. Ich liebte den Geruch von Papier, und ich liebte die Bücher, die ich verkaufte. Ich liebte die Kunden, von denen ich häufig nicht nur den Namen, sondern auch ihre ganze Lebensgeschichte kannte. Ich liebte sogar Elke.

»Die Umsätze der Adventszeit werden garantiert besser aussehen«, sagte sie beruhigend und drückte mich auf einen Stuhl. »Setz dich einen Moment hin und ruh dich aus, ich werde dir einen Kaffee kochen.«

»Das geht nicht.« Ich stand wieder auf. »Ich muss die Plätzchenteller aufstellen, den Punsch aufsetzen, und den Kamin müssen wir auch noch anfeuern.«
Elke zog eine Schachtel Streichhölzer aus der Tasche ihres knöchellangen Strickkleides. »Das mache ich. Kümmer du dich um die Plätzchen und den Punsch.« Kopfschüttelnd kniete sie vor dem Kamin nieder und fing an, Holzscheite darin aufzuschichten.

Ich steckte eine CD mit Weihnachtsliedern in die Musikanlage und ging dann in den Nebenraum, wo ich einen großen Topf und ein paar dekorative Teller aus einem der Schränke nahm.

Als ich in den Laden zurückkam, kauerte Elke immer noch vor dem Kamin. »Sag mal, hörst du das auch?«, fragte sie und lauschte.

»Was? Die Musik?«

»Nein. Ich meine nicht das Weihnachtsgedudel. Ich meine das Geräusch, das aus dem Kamin kommt.«

»Das bildest du dir ein«, sagte ich abwesend, während ich damit anfing, Plätzchen auf einem Teller zu arrangieren.

»Bist du taub?« Elke stand auf und schaltete die Musikanlage aus. »Da! Schon wieder.«

Dieses Mal hörte ich das Geräusch auch. Es war ein Scharren. Es hörte sich an wie … Oh nein! Bitte nicht. Nicht ausgerechnet jetzt, wo Frau Hasselbusch mir im Nacken saß und wir in einer knappen Stunde öffnen mussten.

»Das ist ein Vogel. Er steckt im Kamin fest«, stellte Elke fest.

»Da ist bestimmt kein Vogel drin«, sagte ich verzweifelt. »Wie sollte der denn hineingekommen sein?«

»Durch den Schornstein natürlich. Du weigerst dich ja, ein Gitter installieren zu lassen.«

»Weil wir kein Geld für solche Extras haben.«

Elke kramte eine Taschenlampe aus der Schublade des Ladentischs und leuchtete damit von unten in den Kamin hinein. »Hm, ich kann nichts sehen.«

Großartig. Was man nicht sah, war nicht da. Ich zückte ein Feuerzeug.

»Was machst du?« Elkes Augen begannen zu flackern.

»Ein Feuer entfachen.«

»Doch nicht, solange das arme Tier noch drinsteckt!«

»Wie oft soll ich es noch sagen? Da ist kein Vogel. Das Geräusch muss von irgendwas anderem kommen. Vielleicht … vielleicht hat sich … ein Blech gelöst und reibt an den Steinen. Also … lass mich zum Kamin. Oder willst du, dass unsere Kunden frieren?«

»Nein.« Elke schob den Unterkiefer vor. »Aber bei den Temperaturen draußen trägt doch sowieso jeder warme Kleidung. Die Leute werden froh sein, sich nicht ständig an- und ausziehen zu müssen.«

»Willst *du* bis heute Abend frieren?«

»Ich werde mich ebenfalls warm anziehen.« Elke griff nach ihrem Mantel, den sie nach ihrem Eintreten nachlässig auf den Ladentisch gelegt hatte.

Meine Geduld begann zu bröckeln, und die Zeit arbeitete gegen mich. »Elke, du kannst doch nicht vermummt wie ein Maroni-Mann im Laden stehen und Kunden bedienen.«

Meine Mitarbeiterin schürzte die ungeschminkten Lippen. »Doch, bevor ich eine unschuldige Kreatur töte, kann ich das.«

Ich atmete tief ein und aus. »Gut, der Vogel muss also raus …«

»Ha!« Elke hob triumphierend den Zeigefinger. »Du gibst also zu, dass er existiert.«

»Der Vogel muss raus, falls es ihn wirklich gibt«, sagte ich mühsam um Beherrschung ringend. Warum wollte Elke denn nicht einsehen, dass unsere Existenz von den Umsätzen abhing, die wir in den letzten Tagen vor Weihnachten machten? »Hast du irgendwelche Ideen, wie?«

»Wir rufen den Schornsteinfeger.«

Ich trommelte mit den Fingerspitzen auf den Verkaufstresen. »Irgendwelche Ideen, die nicht mit zusätzlichen Kosten verbunden sind?«

»Da fällt mir nichts ein«, gab meine Mitarbeiterin zu.

»Eine von uns könnte aufs Dach steigen und mit einem Besenstiel im Schornstein rumstochern. Vielleicht plumpst der Vogel dann unten raus«, schlug ich halbherzig vor.

»Das kannst du gerne tun.«

»Wir könnten auch eine Katze hineinstopfen und hoffen, dass sie ihn fängt.«

»Nicht witzig.«

Nein, das war es nicht. Verzweifelt warf ich erneut einen Blick auf die Armbanduhr. Nur noch 45 Minuten bis zur Öffnung des Ladens. Entschlossen ließ ich das Feuerzeug aufschnappen und sah Elke fest an. »Geh zur Seite!«

Meine Mitarbeiterin funkelte drohend zurück. »Nur über meine Leiche.«

2. KAPITEL

»Spuck den Schlüssel aus, Elke.« Ich hielt die Hand auf, aber meine Mitarbeiterin presste die Lippen zu einem schmalen Strich zusammen.

»Ich habe doch den Schornsteinfeger gerufen. Er wird jeden Moment kommen. Was verlangst du denn noch von mir?«

»Ich traue dir nicht«, kam es undeutlich aus Elkes Mund.

So schnell hatte ich vorhin gar nicht schauen können, wie sie auf ihren Birkenstocksandalen in die Krimiabteilung geflitzt war, sich die Deko-Handschellen gegrapscht und sich anschließend an den Griff der Kamintür gekettet hatte. Es war zum Aus-der-Haut-Fahren! Nur noch eine halbe Stunde, dann würde der Buchladen öffnen, und Elke veranstaltete ein solches Affentheater. Wegen eines Vogels … Von dem noch nicht einmal erwiesen war, dass es ihn überhaupt gab. Auch wenn ich leider zugeben musste, dass das Scharren, das aus dem Kaminschacht kam, kaum eine andere Schlussfolgerung zuließ.

Ein melodisches Bimmeln kündigte an, dass jemand den Laden betrat. Es war ein Mann, riesengroß und muskelbepackt, sein Gesichtsausdruck so düster wie seine schwarze Kleidung. In der einen Hand hielt er einen Werkzeugkoffer, und über seiner Schulter hing ein aufgewickeltes Drahtseil mit einer Bürste am Ende.

»Gott sei Dank sind Sie da«, stieß ich erleichtert aus.

Der Hüne schaute pikiert auf Elke. »Haben Sie am Telefon nicht gesagt, dass Sie einen Schornsteinfeger brauchen? Das sieht mir hier eher wie ein Fall für den Schlüsseldienst aus …« Er schüttelte sich die Schneeflocken aus dem dunklen Haar und stampfte ein paarmal auf den Boden, so dass sich eine kleine Pfütze unter ihm bildete.

Ich verkniff mir den Kommentar, dass sich vor der Ladentür ein Fußabtreter befunden hatte. »Den Schlüssel bitte, Elke.« Ich hielt erneut meine Hand auf, und dieses Mal gehorchte sie.

»Danke.« Mit spitzen Fingern zog ich ein Stofftaschentuch aus der Tasche meiner dunkelbraunen Marlene-Hose, wischte den Schlüssel damit ab und befreite Elke von ihren Handschellen.

Dann wandte ich mich wieder an den Mann. »Angeblich hat sich ein Vogel in den Kamin verirrt.«

»Nicht nur angeblich. Ich habe Flügelschlagen und Scharren gehört. Ganz deutlich. Aber sie …« Elke zeigte mit dem Zeigefinger anklagend auf mich, »wollte den Kamin trotzdem anzünden.«

»Weil es überhaupt nicht erwiesen ist, dass sich wirklich ein Vogel darin befindet«, verteidigte ich mich.

»Auf jeden Fall hättest du seinen Tod billigend in Kauf genommen.« Elke stemmte die Fäuste in die Seiten und reckte das Kinn. Besonders furchteinflößend wirkte diese Pose bei jemandem, von dessen Ohrläppchen gehäkelte Erdbeeren baumelten, jedoch nicht.

»Können Sie jetzt bitte anfangen zu arbeiten!«, drängte ich den Schornsteinfeger. Ich blickte auf meine Armbanduhr. Nur noch fünfundzwanzig Minuten. »Ich gehe davon aus, dass Sie Erfahrung mit Vögeln haben?!«

»Jaja.« Er nickte. »Tot, lebendig, schräg … Hatte ich alles schon.«

Blödmann!

Es bimmelte an der Tür. Hoffentlich war das kein verfrühter Kunde. Doch unsere Aushilfe steckte ihren blondgelockten Kopf in den Laden. Rosalie.

»Oh, ein Schornsteinfeger! Dann habe ich heute wohl Glück.« Sie klimperte mit ihren getuschten Wimpern.

Einen Euro in das Phrasenschwein! Wie oft er diesen Satz wohl am Tag zu hören bekam? Ich musterte den Mann verstohlen, um zu sehen, ob er Rosalie genauso herablassend behandeln würde wie mich. Doch bei ihrem Anblick erhellte sich seine finstere Miene sichtlich. Das war ja klar! Genervt verschränkte ich die Arme vor der Brust. Eine attraktive Frau im kurzen Kleid, die mit ihrer kurvigen Figur, ihren großen Augen und dem Schmollmund wie die Reinkarnation von Marilyn Monroe aussah, konnte sich einen solchen Spruch natürlich erlauben.

»Der Vogel …«, erinnerte ich ihn. »Könnten Sie jetzt endlich …«

»Welcher Vogel?«, wollte Rosalie wissen.

»Später«, wimmelte ich sie ab. »Wenn Sie aufs Dach müssen«, sagte ich zu dem Schornsteinfeger, »dann folgen Sie mir bitte.«

»Nicht nötig.« Er kniete sich auf den Boden und fing an, den Stapel mit den Holzscheiten abzubauen.

»Was machen Sie denn da?«, fuhr ich ihn an. »Sie sollen nicht Bauklötzchen spielen, sondern den verdammten Vogel entfernen.«

»Das habe ich vor«, sagte er, ohne sich nach mir umzudrehen.

»Wenn dieser Vogel wirklich existiert, befindet er sich aber nicht hinter dem Feuerholz, sondern im Kamin.«

»Dieser Vogel existiert«, beharrte Elke.

Der Schornsteinfeger baute weiterhin unbeirrt den Holzstapel ab.

Ich blickte Elke hilfesuchend an, doch die zuckte nur die Achseln. Nur noch achtzehn Minuten. Ich überlegte gerade, ob ich einen der Holzscheite ergreifen und ihn ihm über den Kopf ziehen sollte, als in der Rückwand des Kamins eine kleine, unscheinbare Tür sichtbar wurde. Sie war in der gleichen Farbe wie die Wand gestrichen und war mir noch nie aufgefallen.

Der Schornsteinfeger öffnete sie einen Spalt.

»Hier haben wir sie ja schon«, sagte er triumphierend.

Sie? Ich trat näher, um ihm über die Schulter zu schauen.

Er griff mit seiner Pranke in die Luke und zog eine Taube heraus. Ihr graues Gefieder war von einer dünnen Rußschicht bedeckt. Angesichts ihrer nervös zuckenden stecknadelkopfgroßen Augen überkamen mich tatsächlich Gewissensbisse, dass ich ihren Tod – wie Elke sagte – billigend in Kauf genommen hätte, nur um meine dürre, ewig mürrische Chefin zufriedenzustellen.

»Hab ich es dir doch gesagt«, trompetete Elke mir von hinten ins Ohr. »Im Kamin steckte ein Vogel. Und du hättest das arme Ding angekokelt.«

»Sie sind ein Held«, hauchte Rosalie.

»Sei nicht albern«, fuhr ich sie an, der Schornsteinfeger jedoch lächelte geschmeichelt und drehte sich zu ihr um.

In diesem Moment fing die Taube an, wild um sich zu picken, er fluchte unterdrückt, und der Vogel stob mit hektischen Flügelschlägen davon. Eine Rußwolke folgte ihm.

Entsetzt starrte ich dem Tier nach. Die Bücher! Den Ruß würden wir von dem Papier nie wieder abbekommen. Vom Taubendreck ganz zu schweigen. Ob der Laden gegen so etwas überhaupt versichert war?

»Öffne die Tür! Wir müssen ihn rausscheuchen«, schrie ich Elke zu. Gleichzeitig zerrte ich mir den Blazer vom Leib und schwang ihn wie ein Lasso über meinem Kopf. »Kschschsch, weg da!« Elke zog ihre Strickjacke aus und folgte meinem Beispiel. Doch die Taube flog zu weit oben, als dass wir sie hätten erreichen können. »Wir brauchen einen Besen. Lauf in die Putzkammer, Rosalie, und hol mir einen! – Sofort!«, brüllte ich, als sie nicht reagierte.

»Jetzt bleiben Sie gefälligst ruhig«, sagte der Schornsteinfeger.

»Ist das alles, was Sie zu sagen haben?«, keifte ich. »Eine Taube ist gerade dabei, unser komplettes Sortiment zu zerstören – während des Weihnachtsgeschäfts! – und alles, was Ihnen dazu einfällt, ist *Bleiben Sie ruhig!* Ganz abgesehen davon, dass Sie an allem schuld sind. Weil Sie viel lieber auf die Brüste unserer Aushilfe gestarrt haben, als Ihre Arbeit zu machen. – Na endlich!« Ich riss Rosalie den Besen aus der Hand und ging damit auf die Taube los, die auf einer der obersten Buchreihen Platz genommen hatte.

»Lassen Sie mich das machen!« Der Schornsteinfeger nahm mir den Besen ab.

»Damit Sie noch mehr Schaden anrichten? Ganz bestimmt nicht!« Ich riss den Besen wieder an mich.

»Sie kommen doch gar nicht richtig ran«, protestierte er.

»Das werden wir ja sehen! Und ich brauche Ihre Hilfe nicht. Machen Sie für heute Feierabend.« Ich sah ihm direkt in die Augen. Sie waren tiefblau. Das einzig Helle an seiner düsteren Erscheinung.

»Ups!«, rief Rosalie. »Die Taube hat auf den neuen Adler-Olsen gekackt!

Sch … ade! Ich wirbelte herum, den Besenstiel fest in meinen Händen – und schlug ihn dem Schornsteinfeger mit voller Wucht gegen die Schläfe. Der Mann taumelte zurück und prallte hart mit dem Kopf auf die Kante des Verkaufstresens, bevor er mit einem leisen Stöhnen in sich zusammensackte.

»Du hast ihn k.o. geschlagen!«, sagte Elke tonlos.

Oh Gott! Ja. Das hatte ich. Fassungslos starrte ich auf den hünenhaften Mann, der ausgestreckt auf dem Boden lag. Seine Augen waren geschlossen.

»Wir müssen ihn ins Büro bringen. Schnell.« Auf gar keinen Fall durfte ihn ein Kunde sehen. Oder, schlimmer noch, Frau Hasselbusch. Ich packte seinen Fuß und versuchte, den Mann hinter mir herzuziehen, doch er war zu schwer.

»Jetzt helft mir doch«, flehte ich Rosalie und Elke an.

»Meinst du nicht, dass hier sofortige Erste-Hilfe-Maßnahmen erforderlich sind?«, fragte Rosalie. »Eine Mund-zu-Mund-Beatmung zum Beispiel. – Oder zumindest ein Eisbeutel«, fügte sie hinzu, als sie meinen finsteren Blick bemerkte. Sie strich ihm zart über die Beule auf seiner Stirn, und der Schornsteinfeger schlug die Augen auf.

»Er lebt«, flüsterte Elke erleichtert.

»Hier liegen bleiben kann er trotzdem nicht.« Ich zog erneut an seinem Bein.

Verwirrt blickte der Mann sich um.

Ich beschloss, nicht lange zu fackeln. »Gut, dass es Ihnen schon wieder besser geht. Können Sie aufstehen?« Ich griff nach seinem linken Arm, und er schrie auf.

»Ich glaube, er ist gebrochen.« Er fasste sich mit der rechten Hand an den Unterarm.

»Wir müssen einen Krankenwagen rufen«, sagte Elke resolut.

Oh nein! Ein Mann mit einem Maulwurfshügel von einer Beule auf dem Kopf, der zwischen dem Verkaufstresen und dem Tisch mit den Liebesromanen auf dem Boden lag, ein Krankenwagen, der mit Blaulicht in die verkehrsberuhigte Zone raste, zwei Sanitäter, die mit einer Trage in den Laden rannten … Und das kurz vor Weihnachten, am letzten Adventswochenende.

»Ist es denn wirklich so schlimm?«

Er stöhnte.

»Rosalie, hol meinen Mantel aus dem Büro! Und du, Elke, hilf mir, ihn aufzurichten!«, kommandierte ich. »Ich werde sein Werkzeug zusammensuchen und ihn ins Krankenhaus fahren. Das geht schneller, als auf die Ambulanz zu warten.« Je eher er von hier verschwand, desto besser.

»Ich könnte ihn auch hinbringen«, bot Rosalie an.

»Du bleibst im Laden. Und jetzt hopphopp, meinen Mantel, bitte.«

Mit vereinten Kräften schafften wir den Schornsteinfeger zu meinem kleinen mintgrünen Nissan. Zum Glück war ich heute Morgen so früh dran gewesen, dass ich einen der begehrten Parkplätze ergattert hatte, die am Rand der Fußgängerzone lagen.

»Ich nehme an, dass Sie gegen einen solchen Berufsunfall versichert sind«, sagte ich kühl, nachdem ich den Wagen angelassen hatte und wir uns auf dem Weg zum Krankenhaus befanden.

»Berufsunfall!« Der Mann lachte bellend auf. Sein gebräunter Teint war fahl, auf seiner Stirn hatte sich ein Schweißfilm gebildet, und er presste die Zähne so fest zusammen, dass die Kiefermuskeln hervortraten. Seine Augen, die vorher noch so hell gewirkt hatten, waren jetzt dunkel vor Schmerzen. Wirkliches Mitleid konnte ich dennoch nicht empfinden. Schließlich hatte er sich die Suppe selbst eingebrockt. Hätte er sich mehr auf die Taube konzentriert als auf Rosalies XXL-Dekolleté, dann würde er jetzt nicht mit gebrochenem Arm neben mir sitzen – und ich könnte im Buchladen stehen und das Weihnachtsgeschäft ankurbeln. Frau Hasselbusch durfte mich nicht entlassen! Wo sollte ich denn dann hin? Der Laden war meine Familie. Ich spürte, dass sich eine Träne in meinem rechten Augenwinkel sammelte, und ich blinzelte sie weg. Verstohlen warf ich einen Blick auf den Schornsteinfeger, um zu sehen, ob er meinen schwachen Moment bemerkt hatte, doch seine Augen waren geschlossen.

»So, da sind wir«, sagte ich in dem bemüht fröhlichen Ton einer Krankenschwester, als ich das Auto vor dem Eingangsportal des Krankenhauses parkte. »Sie finden den Weg zur Anmeldung?«

Der Mann hob die Augenbrauen.

»Es tut mir wirklich leid, dass ich Ihnen mit dem Besenstiel auf den Kopf geschlagen habe, und ich kann

Sie natürlich auch begleiten, wenn Sie es sich allein nicht zutrauen«, fügte ich hinzu, »aber eigentlich muss ich so schnell wie möglich wieder in mein Geschäft zurück. Die Taube ...« Bei unserem Aufbruch hatte sie immer noch auf einem der Regale gesessen und hochmütig auf uns heruntergeschaut. Ich durfte gar nicht darüber nachdenken, was sie mittlerweile womöglich alles angerichtet hatte.

»Passt schon.« Mit seinem gesunden Arm öffnete er die Autotür, griff sein Werkzeug und stieg aus.

Erleichtert trat ich auf das Gaspedal und brauste davon. Dieses Problem zumindest war ich los.

3. KAPITEL

»Hast du das Sahneschnittchen im Krankenhaus abgeliefert?«, begrüßte mich Rosalie bei meiner Rückkehr in den Buchladen.

Sahneschnittchen! Kohlestückchen wäre passender, dachte ich finster.

»Ist das denn zu fassen?«, plapperte Rosalie unbekümmert weiter. »Da kommt endlich mal ein gutaussehender Mann in unseren Buchladen – und du schlägst ihn krankenhausreif. Dabei hättest du ein wenig Ablenkung nötig gehabt, jetzt wo …«

»Kümmere dich doch bitte um den Kunden, er scheint Beratung zu brauchen«, sagte ich kühl und wies mit dem Kinn auf einen kahlköpfigen Mann mit Nickelbrille und Schweinsäuglein, der vor einem der Drehständer stand und ungeniert einen Kalender mit spärlich bekleideten Damen durchblätterte. Traurig, dass mich die konjunkturelle Lage dazu zwang, solche »Geschenkartikel« anzubieten.

Rosalie rümpfte die Nase und trollte sich.

Ich fuhr fort, einen Stapel Bastelbücher auf Rußspuren hin zu untersuchen. Bisher hielt sich der Schaden erfreulicherweise in Grenzen. Lediglich der Adler-Olsen war so stark beschmutzt, dass ich ihn aus dem Verkauf nehmen musste, ein paar andere Bücher waren zwar an der Seite etwas angegraut, aber ich hoffte, dass dies den Kunden nicht groß auffallen würde. Bei meiner Rückkehr aus dem Krankenhaus hatten Rosalie und Elke die meisten Einbände bereits von der Rußschicht befreit. Auch den Kamin hatten die beiden angezündet. Die Taube war laut Elkes Aussage kurz, nachdem ich aufgebrochen war, freiwillig davongeflogen.

Elke stand im Lager und blätterte in einem Sachbuch mit dem Titel *Achtsamkeit in der Partnerschaft*. Als sie mich bemerkte, stellte sie es ins Regal zurück.

»Ich wollte dir übrigens noch eine Einladung geben.« Sie zog einen zerknitterten Briefumschlag aus der Tasche ihres Strickkleides.

»Zu deinem Geburtstag?«

»Nein, zu meiner Scheidungsparty. Die Scheidung von Günther ist seit dem letzten Mittwoch durch.«

Ich hob die Augenbrauen. »Du gibst eine Party anlässlich deiner Scheidung?«

Elke zuckte mit den Schultern. »Man muss die Feste feiern, wie sie fallen.«

Ich öffnete die Einladung und warf einen kurzen Blick auf das Datum. »Die Party ist ja schon heute Abend«, stellte ich fest.

»Ich weiß«, sagte Elke zerknirscht. »Das war alles ganz spontan. Kannst du trotzdem kommen? Rosalie hat leider schon eine Verabredung. Und Männer sind auf dieser Party absolut verboten.«

Kurz dachte ich über eine Ausrede nach. Ich hatte mich auf einen gemütlichen Abend auf dem Sofa mit Lebkuchen, Duftkerzen, einem Glas Orangen-Zimt-Punsch und dem Roman *Weihnachtszauber wider Willen* gefreut – nicht, dass es da, abgesehen von dem Buchtitel, irgendeinen Unterschied zu allen anderen Abenden der letzten vier Wochen gegeben hätte –, aber als ich Elkes hoffnungsvollen Blick sah, brachte ich es nicht übers Herz, sie zu enttäuschen.

Ich zwang mich zu einem Lächeln. »Nie im Leben würde ich mir meine erste Scheidungsparty entgehen lassen.«

»Prima! Ein wenig Ablenkung tut dir bestimmt gut. Du kannst dich nicht für immer und ewig in deiner Wohnung verschanzen, und Richard …« Als sie meinen Gesichtsausdruck bemerkte, verschluckte sie den Rest des Satzes hastig. »Entschuldige, ich weiß, dass du nicht so gern über Privates sprichst.«

Sie hatte recht. Das tat ich nicht. Und über Richard wollte ich schon gar nicht sprechen. Ich bedauerte, dass Elke überhaupt etwas von unserer Affäre mitbekommen hatte. Aber sie hatte hier im Buchladen ihren Anfang genommen.

Im Frühjahr diesen Jahres war Richard das erste Mal in den Buchladen gekommen. In einem grauen Anzug, mit Hut und einer gelben, mit Minions bedruckten Krawatte. Auf der Nase trug er eine dieser nerdigen Brillen mit breitem dunklem Rand. Das ganze Ensemble hätte albern aussehen können, aber bei ihm wirkte es lässig, extravagant, unangepasst ... Weil ich selbst so angepasst war und es jedem recht machen wollte, hatte ich schon immer eine Schwäche für solche Männer gehabt. Richard suchte nach einem Geschenk für seine Großmutter, einer Jane-Austen-Liebhaberin und hoffnungslosen Romantikerin, wie er mit einem Augenzwinkern sagte. In diesem Moment war es um mich geschehen.

Richard arbeitete als Grafiker in einer Werbeagentur. Er war aufmerksam, zuvorkommend, ein phantastischer Liebhaber und ... verheiratet. Unglücklich, natürlich. Und natürlich hatte er vor, seine Frau zu verlassen. Nach ihrem Geburtstag, nach ihrem heftigen grippalen Infekt, nach dem Besuch seiner Mutter, wenn er den nächsten Großauftrag an Land zog, er von seinem Chef einen Bonus dafür bekam und er sich eine Scheidung leisten konnte ...

Ende November war ich den beiden auf dem Weihnachtsmarkt am Marienplatz begegnet. Seine Julia wirkte jünger, als ich sie mir vorgestellt hatte, – und sympathischer. Sie hatte ein rundes Kindergesicht mit großen braunen Augen. Unter einer cremefarbenen Wollmütze mit dicker Quaste quollen brünette Kringellocken hervor. Sie hielt eine Tüte mit gebrannten Mandeln in der Hand, und als ich an den beiden vorbeiging, war sie gerade dabei, Richard eine davon in den Mund zu stecken. Als er mich sah, verschluckte er sich und fing an zu husten.

»Ach herrje!« Julia lachte und klopfte ihm auf den Rücken. »Was ist denn los?«

Das wäre für ihn der Moment gewesen, ihr zu sagen, wer die Frau war, die mit bleichem Gesicht und unnatürlich weit aufgerissenen Augen vor dem Maroni-Mann stand und fassungslos zu ihnen herüberstarrte, doch er sagte: »Nichts!«

Nichts???

Da ich nicht auf seine Anrufe reagierte, war er am nächsten Tag im Buchladen vorbeigekommen und hatte mir eine rührselige Geschichte aufgetischt von Julias Vater, bei dem Bauchspeicheldrüsenkrebs im Endstadium diagnostiziert worden war. In dieser schwierigen familiären Situation konnte er sie unmöglich verlassen. Aber die Ärzte hatten dem Mann nur noch wenige Wochen zu leben gegeben, und danach …

Ich sagte ihm, dass er ein gemeiner Mensch sei, den ich nie wieder sehen wollte, und dass er Land gewinnen solle. Ehrlich gesagt war meine Ausdrucksweise etwas deftiger gewesen, und es war mir immer noch unangenehm, dass ich solche Ausdrücke in den Mund genommen hatte. Schließlich hatte meine Mutter mir jahrelang Contenance in jeder Lebenslage eingetrichtert.

Auf jeden Fall war mein Ausbruch sehr wirkungsvoll gewesen, denn seitdem hatte ich Richard nie wieder gesehen. Ich hatte alles, was mich an ihn erinnerte, konsequent aus meiner Wohnung verbannt – selbst große Teile meiner Unterwäsche hatte ich entsorgt. Die einzige Schwäche, die ich mir erlaubte, war es, seine Nummer in meinem Handy nicht zu löschen. Es erschien mir zu endgültig.

»Erde an Elisa!« Elke schnipste ein paarmal mit den Fingern vor meinem Gesicht. Ihre Taktik ging auf, ich kam wieder in die Gegenwart zurück.

»Was hast du gesagt?«

»Ich wollte wissen, wieso du eigentlich schon wieder hier bist.«

»Wo sollte ich denn deiner Meinung nach jetzt noch sein?«, fragte ich verwirrt.

»Na, im Krankenhaus.«

Ach so, der Schornsteinfeger! Den hatte ich vollkommen verdrängt.

»Warum sollte ich bei ihm bleiben? Ich habe ihn abgesetzt und bin direkt zurückgefahren.«

»Du hast den armen Mann einfach seinem Schicksal überlassen?« Elkes Augen weiteten sich hinter den dicken runden Brillengläsern so sehr, dass sie mehr denn je wie Puck, die Stubenfliege, aussah. »Du hättest zumindest dort bleiben können, bis du weißt, was ihm fehlt.«

»Ich wusste doch gar nicht, was die Taube im Laden alles anrichtet«, verteidigte ich mich.

»Was, wenn er auf dem Weg zur Anmeldung ohnmächtig geworden ist?«

»Ich habe ihn ja nicht mutterseelenallein auf einem Bahnsteig stehen gelassen, Elke, sondern vor einem Krankenhaus. Sollte er wirklich ohnmächtig geworden sein, wird ihm dort bestimmt schnell geholfen.«

»Dass du diese Sache so einfach abhaken kannst.« Elke zupfte nervös an ihrem gehäkelten Erdbeerohrring. »Hast du keine Angst, dass das ein schlechtes Omen ist? Andere Leute freuen sich wie verrückt, wenn sie einen Schornsteinfeger sehen. Sie berühren ihn, weil das Glück bringt … Und du haust ihn um. Das ist … wie wenn man ein vierblättriges Kleeblatt zertrampelt, oder man einem Marzipanschwein den Schwanz ausreißt.«

»Ich habe das doch nicht absichtlich getan!«, wandte ich nachdrücklich ein. »Außerdem habe ich ihn auch berührt. Glück und Pech scheinen sich also bei mir die Waage zu halten.« Ich drehte mich um, um ihr zu signalisieren, dass das Gespräch damit beendet war.

Den ganzen Tag über hatte ich so viel im Laden zu tun, dass ich gar keine Zeit mehr hatte, auch nur einen Gedanken an den Schornsteinfeger zu verschwenden. Nach dem katastrophalen Auftakt ging der letzte Adventssamstag erfreulicherweise reibungslos über die Bühne, und vor lauter Kundschaft kamen Elke, Rosalie und ich mit Beraten, Kassieren, Bestellungen aufnehmen und dem Verpacken von Geschenken kaum hinterher. Frau Hasselbusch erschien entgegen ihrer Ankündigung nicht mehr. Erst nachdem ich meine Mitarbeiterinnen nach Hause geschickt hatte und den Kassenabschluss machte, meldete sich kurzzeitig mein schlechtes Gewissen. Ob ich noch einmal im Krankenhaus vorbeifahren oder mich zumindest bei seinem Arbeitgeber nach dem Befinden des Mannes erkundigen sollte?

Nein, entschied ich. Ich hatte dafür gesorgt, dass er ärztliche Unterstützung bekam, alles Weitere ging mich nichts mehr an.

Ich streifte meine Pumps ab und schlüpfte in meine warmen Stiefel, zog mir Mantel und Handschuhe an und fuhr nach Hause.

Carla wartete bereits an der Tür auf mich. Bis Anfang dieses Jahres hatte sie Yoga-Ute gehört, einer Kundin aus dem Laden, die nach Indien auswandern wollte, um dort in einem indischen Ashram Meditationslehre zu lernen. Ute hatte ewig mit sich gerungen, ob sie es wirklich übers Herz brachte, ihre geliebte Katze in fremde Hände zu geben. Erst nachdem ich mehrere Male bei ihr zu Hause gewesen war und auch sie mich mehrmals besucht hatte, war es mir gelungen, sie davon zu überzeugen, dass Carla bei mir das schönste Leben haben würde, das sich eine Katze nur wünschen konnte … und dass ich sie weiterhin streng vegan ernähren würde. Was ich aber nicht tat. Ich ernährte sie noch nicht einmal vegetarisch. Schließlich war es absoluter Schwachsinn, einer Katze Fleisch vorzuenthalten und sie nur mit Sojaprodukten zu füttern. Aber vielleicht wäre es doch besser gewesen, sich Utes Wünschen zu fügen, denn Carla hatte einen äußerst empfindlichen Magen – oder, nach dem jahrelangen Zusammenleben mit ihrer exzentrischen Vorbesitzerin, ein labiles Nervenkostüm. Bei der kleinsten Unstimmigkeit und Veränderung übergab sie sich. Außerdem neigte sie zu Wutausbrüchen, und sie konnte außer mir und Kindern (dass sie die wilden Knirpse mochte, musste ich ihr wirklich zugutehalten) niemanden leiden. Kurz: Sie war eine furchtbare Diva.

Da ich an der Münchner Freiheit spontan eine wunderschöne Nordmanntanne gekauft und deswegen die Hände nicht frei hatte, schob ich Carla mit dem Fuß beiseite, eine Geste, die sie mit einem Pfotenhieb auf meinen Stiefel quittierte, und betrat meine Wohnung.

Sie bestand neben einem Miniaturbadezimmer lediglich aus einem Zimmer, einer Liliputanerküche und einem zwei Quadratmeter großen Balkon. Mit der riesigen Villa meiner Eltern, aus der ich vor zwei Jahren ausgezogen war, war sie überhaupt nicht zu vergleichen. Dennoch liebte ich sie sehr. Vor allem wegen der Unabhängigkeit, die sie mir verschaffte. Endlich musste ich niemandem mehr Rechenschaft ablegen und konnte tun und lassen, was ich wollte. Meine Mutter hätte mir zum Beispiel nie erlaubt, ein Haustier zu halten, obwohl ich mir in meiner Kindheit und Jugend nichts sehnlicher gewünscht hatte. Nicht einmal einen Hamster oder ein Kaninchen durften mein Bruder Tom und ich haben. Trotz unserer zwei Putzfrauen hasste meine Mutter nämlich alles, was Dreck und Arbeit machte. Deshalb war sogar unser Weihnachtsbaum immer künstlich gewesen, damit er nicht nadelte.

Eine Zeitlang hatte ich mir vorgestellt, dass der automatische Rasenmäher, der in einer Hütte in unserem Garten stand, ein Hund wäre. Ich nannte ihn Jacky und begleitete ihn tagein, tagaus, auf seinen einsamen Runden durch unseren Garten. Aber etwas Flauschiges und Lebendiges konnte er natürlich nicht ersetzen.

Ich zerrte den Weihnachtsbaum in die Wohnung und überlegte, ob noch Zeit blieb, den Ständer herauszuholen und die Tanne gleich aufzustellen. Doch ein Blick auf die Uhr sagte mir, dass ich durch meinen Abstecher zur Münchner Freiheit spät dran war und dass ich mich so schnell wie möglich auf den Weg zu Elkes Scheidungsparty machen sollte.

4. KAPITEL

Mit einem roten, mit Glitzerpuder bestäubten Weihnachtsstern in der Hand stieg ich eine ausgetretene Holztreppe hinauf in den dritten Stock. Laute Stimmen schallten mir entgegen, als Elke die Tür öffnete. Um ihren grauen Wollpullover hatte sie einen mehrfarbigen Schal geschlungen, der wie eine lange, bunte Wurst aussah und mich an das erinnerte, was ich vor vielen Jahren mit meiner Strickliesel fabriziert hatte. Statt der Häkelerdbeeren schmückten nun kleine grüne Weihnachtskugeln ihre Ohren.

»Schön, dass du da bist.« Sie umarmte mich herzlich. Über ihre Schulter hinweg konnte ich die angekündigten Mädels aus ihrem Strickclub sehen. Sie trugen alle mehr oder weniger farbenfrohe Strickkleidung. Nur eine ältere Frau mit Ponyfrisur und schulterlangen rotbraunen Locken stach heraus, denn sie war von Kopf bis Fuß in paillettenbesetztes Pink gekleidet. Angesichts dieses Farbenmeers vor mir kam ich mir in meinem strengen unifarbenen Etuikleid wie eine graue Maus vor.

»Vielen Dank für die Einladung«, sagte ich steif. Ich reichte ihr den Weihnachtsstern, und ein Hauch Glitzerpuder legte sich über Elkes Pullover.

»Dankeschön. Die Party ist bereits in vollem Gange, wie du siehst. Frau Elvira ist auch schon da.« Elkes Wangen glänzten wie ein frisch polierter Weihnachtsapfel, und an ihrer leicht undeutlichen Aussprache erkannte ich, dass sie ihre Scheidung nicht nur mit Tee gefeiert hatte.

»Wer ist Frau Elvira?«

Elke runzelte die Stirn. »Das ist die Wahrsagerin, die ich gebucht habe.«

»Ach, natürlich. Wie konnte ich die nur vergessen«, log ich. Eine Wahrsagerin! Warum hatte ich die Einladung nicht aufmerksamer durchgelesen und war zu Hause geblieben?

»Komm rein, ich stelle dich gleich allen vor. – Schaut mal, Mädels!«, rief sie fröhlich in die Runde. »Das ist meine Chefin Elisa. Ich habe euch ja schon viel von ihr erzählt.«

Elke wirkte ganz aufgedreht. So kannte ich sie gar nicht. Außerdem fragte ich mich beunruhigt, was dieses ‚Viel' wohl genau gewesen war. Hoffentlich hatte Elke mein vermeintliches Attentat auf den Schornsteinfeger nicht erwähnt! Doch die Frauen begrüßten mich völlig arglos. Auch die Wahrsagerin nickte mir huldvoll zu.

»Frau Elvira wollte gerade anfangen, uns zu erzählen, wie das nächste Jahr für uns verlaufen wird«, erklärte Elke. »Stell dich zu uns.«

»Ach nein«, winkte ich ab. »Ich finde es viel schöner, mich überraschen zu lassen. Ich schaue lieber zu.«

»Kommense her!«, befahl die Wahrsagerin. Ihr Doppelkinn bebte bei diesen Worten. Trotz des breiten Sächsisch, das sie sprach und das so gar nicht zu ihrem Namen und ihrem Erscheinungsbild passte, stand ich eingeschüchtert auf. »Erstmal gug isch nach der Farbe Ihrer Aurah«, fuhr sie fort. Sie trat auf eine Frau mit taillenlangen Zöpfen zu, die einen Strickponcho über einem knielangen Jeansrock und derben Schnürstiefeln trug. Dann schloss sie die Augen und fing an, sich summend vor und zurück zu wiegen. Auf einmal riss sie die Augen so jäh wieder auf, dass ich erschrocken zusammenzuckte. »Rod!«, rief sie. »Isch seh Knallrot!«

Sie sah Rot? Ernsthaft? Ein kleines Kichern entfleuchte meinen Lippen, doch unter Frau Elviras strengem Blick verstummte ich sofort.

»Ne rode Aurah ist jud. Sehr jud!«, jubelte sie. »Ne rode Aurah hat ne sehr starke Enorschie. Se strahlt Lähmslust un Freude aus.« Sie lächelte der Frau mit den Zöpfen zu. »Se sin willensstark un leidenschaftlisch, meine Gudste.«

Die Frau mit den Zöpfen lächelte geschmeichelt zurück, und ihr Lächeln wurde noch breiter, als Frau Elvira ihr für das neue Jahr prophezeite, dass es ihr Glück, Geld und die Beilegung eines lange gehegten Streits bringen würde.

Bei dem nächsten Mitglied aus Elkes Strickclub, einer zierlichen Blondine, deren rosafarbene Strickjacke über der Brust von einer großen Fimo-Brosche zusammengehalten wurde, sah sie Grün. Auch Grün war eine durchweg positive Farbe, die Ausgeglichenheit und Harmonie verkörperte und deren Träger Gewalt verabscheuten und liebevolle und fröhliche Menschen waren. Die Fimo-Blondine würde im kommenden Jahr endlich das ersehnte Wunschkind bekommen.

Bei Elkes Aura nahm Frau Elvira ein intensives Weiß wahr, eine Farbe, die ihrer Aussage nach ein unfassbar hohes Energieniveau aufwies und die zeigte, dass ihre Trägerin kurz vor der spirituellen Erleuchtung stand. Das musste sie ja sagen, dachte ich sarkastisch. Schließlich würde Elke sie bezahlen.

Doch auch die Auren der anderen Partygäste strahlten mit deren verheißungsvoller Zukunft in Regenbogenfarben um die Wette.

Auch wenn ich die Frau für eine Hochstaplerin hielt, wurde ich zunehmend neugieriger, was sie mir für das kommende Jahr prophezeien würde – und welche Farbe meine Aura hatte. Gelb und orange hätte ich schön gefunden.

Nun war ich an der Reihe. Frau Elvira musterte mich prüfend, und ich merkte, wie ich unter dem intensiven Blick ihrer hellen blauen Augen ein wenig nervös wurde. Konnte sie nicht einfach anfangen?

Nein!

»Ihre Aurah is ja janz verbeult«, stellte sie fest. »Isch muss se geraderüggen.«

Was? Ich musste mich verhört haben. Offensichtlich nicht. Unterdrücktes Gelächter machte sich in der Runde breit, und anders als bei mir vorhin blieben dieses Mal die vorwurfsvollen Blicke der Wahrsagerin aus. Frau Elvira war zu beschäftigt damit, meine Aura in die korrekte Form zu pressen.

Fassungslos beobachtete ich, wie sie beide Hände auf meine Schultern legte und sie ein paarmal ruckartig nach unten drückte. Vielleicht hatte ich Glück und der Boden unter mir gab nach, sodass ich darin versinken konnte. So heiß, wie mir war, musste mein Teint mittlerweile dieselbe Farbe haben wie der Punsch, der in einem Bowlegefäß funkelte, das ein paar Meter entfernt von mir stand. Hoffentlich griff meine Aura diese Farbe auf. Eine gelbe oder orangefarbene hätte ich zwar schöner gefunden, aber mit Purpur könnte ich auch leben. Hauptsache, sie kam zum Ende.

Endlich war Frau Elvira mit der Form meiner Aura zufrieden, und sie begann mit ihrem Ritual. Erleichtert wollte ich schon aufatmen – gleich hatte ich es überstanden! –, doch anstatt mir triumphierend eine Farbe zu verkünden, wurden ihre Bewegungen immer hektischer. Aus ihrer Kehle kam ein Summen, das sich wie ein kaputter Kühlschrank anhörte, und erst als es verstummte, öffnete sie die Augen. »Isch seh nüscht.«

»Was?«, entfuhr es mir. »Wie meinen Sie das: Sie sehen nichts? Habe ich etwa keine Aura?«

Frau Elvira beachtete mich nicht. »Das kann nur eens bedeuden …«

»Ja?«, sagte Elke gespannt.

»De Aurah is schwarz. Diiiefschwarz.« Die Wahrsagerin wich ein Stück vor mir zurück, als hätte sie Angst, dass diese Farbe auf sie überspringen würde.

»Aber wenn Sie sie nicht sehen und sie trotzdem da ist, müsste sie dann nicht durchsichtig sein?«, wagte ich einzuwenden.

Die Wahrsagerin bedeutete mir mit einer rigorosen Bewegung zu schweigen. Sie ließ ihren Blick bedeutungsvoll über die Runde wandern. »Das jibbt Pesch. Fürschderlisches Pesch.« Sie rang die Hände und zeigte anklagend auf mich. »Dieses Weibsstück hat jemandem großes Leid zugefüht – und solange se sisch nischt von dor Schuld befreit, bleibts in ihrem Lähm zabbnduhsdor.«

»Ich hoffe, du glaubst ihr nicht«, sagte Elke, nachdem sie Frau Elvira einen Schein in die Hand gedrückt hatte und die Wahrsagerin mehr oder weniger hinauskomplimentiert hatte. Sie wirkte ziemlich betreten. Auch ihre Strickmädels überschlugen sich förmlich damit, mir zu versichern, dass Prophezeiungen von selbsternannten Wahrsagern stets völliger Humbug waren. Den Einwand der Frau mit der Fimo-Brosche – »Aber wie kann sie wissen, dass ich in der sechsten Woche schwanger bin?« – überhörte ich geflissentlich.

Unter dem Vorwand, ich sei müde, verabschiedete ich mich kurze Zeit später von Elke und ihren Freundinnen und machte mich auf den Heimweg. Da die S-Bahn mir direkt vor der Nase wegfuhr und ich keine Lust hatte, zwanzig Minuten auf die nächste zu warten, rief ich mir ein Taxi.

Zu Hause angekommen sah ich, dass Carla sich wieder einmal übergeben hatte. Dieses Mal allerdings nicht wie sonst auf den Boden, sondern auf mein Bett.

Siehst du! Das passiert, wenn du mich zu lange allein lässt, sagte der vorwurfsvolle Blick aus ihren grünen Augen.

»Morgen bleibe ich den ganzen Tag zu Hause«, versicherte ich ihr, und obwohl sie sich dagegen sträubte, hob ich sie hoch und presste mein Gesicht in ihr dichtes, nachtschwarzes Fell.

Pech! Furchtbares Pech! Auch wenn ich nicht an Wahrsagerei und all dieses Zeug glaubte, bekam ich bei der Erinnerung an diese Worte eine Gänsehaut.

5. KAPITEL

Aus meinem Traum von einem kuscheligen Sonntag zu Hause wurde nichts. Denn kaum hatte ich mich aus dem Bett geschleppt und mir eine Tasse Cappuccino gemacht, klingelte bereits das Telefon. Meine Mutter rief an.

»Wann kommst du?«, erkundigte sie sich, und in diesem Moment fiel es mir wieder ein: Schande! Heute stand der alljährliche gemeinsame Kirchenbesuch mit anschließendem Familienessen auf dem Programm.

Da meine Eltern über Weihnachten jedes Jahr eine vierzehntägige Kreuzfahrt machten, war es bei uns Tradition, das Fest am vierten Advent vorzufeiern. Ausreden wurden nicht akzeptiert. Ich hatte mich vorletztes Jahr mit einer fiesen Grippe zu meinen Eltern geschleppt, und mein Bruder Tom hatte vor drei Jahren sogar einen Tourneetermin mit seiner früheren Band deswegen verlegt. Ebenso wie meine Eltern war Tom Musiker. Ihre Liebe zur Klassik – meine Mutter war Konzertpianistin, mein Vater Operntenor – hatte er jedoch nicht geerbt. Tom machte Rockmusik – und war somit für unsere Eltern eine genauso große Enttäuschung wie ich. Sie verstanden nicht, warum ich nach dem Abitur eine Ausbildung als Buchhändlerin gemacht hatte, anstatt auf die Musikhochschule zu gehen oder zumindest irgendein anderes Studium zu absolvieren. Sie lebten eben voll und ganz für ihre Musik, und als ihnen klar wurde, dass keins ihrer Kinder beabsichtigte, in ihre Fußstapfen zu treten, liefen wir nur noch nebenher. Trotzdem liebte ich meine Eltern, und ich wusste, dass sie Tom und mich auch liebten. Nur … irgendwie anders als andere Eltern.

»Ich fahre direkt zur Kirche.«

»Bitte sei pünktlich«, sagte meine Mutter. »Herr Krause, der neue Intendant der Philharmoniker, und seine Frau kommen heute Nachmittag zu uns zum Kaffee, und sie haben spontan beschlossen, uns zum Gottesdienst zu begleiten und auch zum Abendessen zu bleiben.«

Ich versprach es.

»Und zieh bitte das beige Wollkleid von Jil Sander an, das ich dir letzte Weihnachten geschenkt habe. Und den karamellfarbenen Mantel. Das ist klassisch-elegant. Ich hoffe, du hast ein Paar passende Schuhe.«

»Was zieht Tom an?« Die Frage konnte ich mir nicht verkneifen. Meinen Bruder kannte ich nur in Shirts mit Rockstar-Logo, abgewetzten Jeans und mit derben Boots oder Turnschuhen. Er war bärtig, tätowiert und viel rebellischer als ich, und ich konnte mir nicht vorstellen, dass er etwas im Schrank hatte, was auch nur ansatzweise dem Anspruch klassisch-elegant entsprach.

»Ich habe ihm etwas gekauft«, antwortete meine Mutter. »Bei deinem Bruder kann man sich ja leider nicht darauf verlassen, dass er einsieht, wie unumgänglich es für meine berufliche Zukunft ist, dass wir als Familie einen guten Eindruck hinterlassen.«

Um die Zeit bis zu dem Treffen mit meinen Eltern auf angenehme Weise zu überbrücken, zog ich mich an und ging in das kleine Kellerabteil, das zu meiner Wohnung gehörte. Ich zog die Kiste mit den Weihnachtssachen unter dem Karton mit Skikleidern hervor und trug sie nach oben. Da der Geschmack meiner Mutter sehr puristisch war, und sie ihre künstliche Tanne jedes Jahr nur mit ein paar wenigen, strategisch platzierten roten und goldenen Kugeln und Äpfeln behängte, hatte ich den Weihnachtsschmuck meiner Oma geerbt.

Ich stellte die Kiste auf die Küchenanrichte und zog den Baum aus dem Flur ins Wohnzimmer. Sofort strömte köstlicher Tannenduft durch meine Wohnung. Mit einem Ruck hob ich die Tanne in ihren Ständer und holte eine Schere aus einer Schublade, um die Zweige aus dem Netz zu befreien. Skeptisch musterte ich den Baum. Jetzt, wo er aufrecht stand, kam er mir auf einmal ziemlich groß vor. Aber nun war sowieso nichts mehr zu ändern. Beherzt machte ich ein paar kräftige Schnitte. Die Äste des Baums schlugen mir ins Gesicht. Erschrocken sprang ich zurück. Ich hörte ein Poltern, dicht gefolgt von einem Klirren und Carlas entsetztem Kreischen – und als ich wieder etwas erkennen konnte, sah ich, dass die Fensterbank, auf der zuvor meine Orchideen gestanden hatten, wie leergefegt war.

Mit klopfendem Herzen begutachtete ich den Schaden. Zum Glück war nur einer der Blumentöpfe zerbrochen, und auch die meisten Blüten hatten den Sturz überlebt. Viel schlimmer war etwas anderes, stellte ich beklommen fest: Der Baum war riesig. Inmitten seiner Artgenossen, auf dem Platz vor der Münchner Freiheit, hatte er so wuchtig gar nicht gewirkt. In der Enge meiner Ein-Zimmer-Wohnung aber konnte ich seine Ausmaße nur als gigantisch bezeichnen. Er hatte einen Umfang von mindestens anderthalb Metern, und seine Äste bedeckten nun nicht nur die Fensterbank, sondern auch einen Teil meines Sofas und meines Esstischs. Ich rückte ihn nach rechts, nach links, nach hinten und nach vorne, doch das Ergebnis blieb stets das Gleiche. Der einzige Platz in meiner Wohnung, wo der Baum hinpasste, war dort, wo der Wohnzimmertisch stand: zwischen Fernseher und Sofa. Großartig!

Seit einem IKEA-Werbespot wusste ich, dass es in Schweden üblich war, am 13. Januar, dem St. Knut-Tag, den Weihnachtsbaum auf die Straße zu werfen. Ich musste sehr mit mir ringen, als ich überlegte, diese Tradition schon drei Wochen vorher zu feiern. Aber nein, das würde ich nicht tun. Auch mit Ende zwanzig freute ich mich noch jedes Jahr wie ein kleines Kind auf dieses Fest, und ich würde mir diese Freude nicht nehmen lassen, nur weil der Weihnachtsbaum zu groß war. Viel zu groß, zugegebenermaßen. Aber da ich sowieso kaum fernsah und mein Wohnzimmertisch ohnehin nur zur

Ablage für ein paar Zeitschriften diente, würde ich darüber einfach hinwegsehen.

Ich legte eine Weihnachts-CD in den CD-Player, zündete eine Zimt-Duftkerze an und ging in die Küche, um die Kiste mit dem Weihnachtsschmuck zu holen.

Nachdem ich die prächtig verzierten Kugeln, die verspielten Holzfiguren aus dem Erzgebirge und die filigranen Glasvögel mit den langen weißen Federn vorsichtig aus ihrer Verpackung genommen hatte, fühlte ich mich schlagartig besser. Und auf einmal sah ich meine Oma in ihrem Tweedrock und dem weichen Mohairpullover vor mir stehen, und ich hörte ihre warme Stimme: »Zu viel gibt es an Weihnachten nicht, Elisa.«

Liebevoll betrachtete ich eine silberne Kugel, auf der mit feinen Strichen die Silhouette eines Waldes aufgezeichnet worden war. Als ich mich bückte, um sie an einen der unteren Zweige zu hängen, tauchte auf einmal, wie Klaus aus der Kiste, ein schwarzer Kopf neben mir auf. Carla! Ich hatte meine Katze immer noch mit gesträubtem Fell hinter dem Sofa vermutet. Der explodierende Weihnachtsbaum hatte sie mindestens genauso erschreckt wie mich. Und sie mochte keine Veränderungen. Ich rechnete schon fest damit, dass sie mit ihrer üblichen Revolte reagiert und sich übergab, doch diese Kugel schien sie ausgesprochen interessant zu finden. Sie stellte sich auf die Hinterbeine und angelte mit ihrer Pfote danach.

»Nein.« Ich hob streng den Zeigefinger, was Carla aber nicht besonders beeindruckte.

Sie schlug noch einmal nach der Kugel, und dieses Mal kullerte sie zu Boden. Glücklicherweise war sie nicht tief gefallen und deshalb nicht kaputtgegangen. Es hätte mir wirklich leidgetan, eines dieser Erinnerungsstücke zu verlieren. Meine Oma war zwar schon seit über zehn Jahren tot, aber ich vermisste sie immer noch sehr.

»Carla, nein!«, sagte ich fest, und obwohl Carla sich in meinem Griff wand wie ein Aal, nahm ich sie und sperrte sie ins Bad. Dieses kleine Ekel!

Nachdem ich die letzte Kugel an den Baum gehängt hatte – sie war aus Glas, und in ihrem Innern schimmerte ein winziges Miniaturdorf –, setzte ich mich mit einer frischen Tasse Tee auf die Couch. Im Hintergrund lief *So this is Christmas* von John Lennon, und ich betrachtete den Baum eine ganze Zeitlang zufrieden. Meine Oma hatte recht gehabt: Ein Zuviel gab es an Weihnachten nicht. Weder beim Schmuck noch beim Baum. Wer brauchte schon einen Wohnzimmertisch? Und Fernsehen am Heiligen Abend … wer tat das schon? Gut, ich. Wenn man wie ich seit einigen Jahren fast immer allein feierte, blieb einem gar nichts anderes übrig. Aber in diesem Jahr würde ich den Heiligen Abend sowieso mit meinem Bruder, dessen Frau und meinem Neffen Leo verbringen.

Aus dem Bad drangen Würgegeräusche. Ich stand auf und öffnete die Tür. Die Katze flitzte sofort heraus und steuerte auf den Baum zu.

»Carla!«, rief ich ihr noch nach. Doch da hatte sie sich schon darauf gestürzt.

6. KAPITEL

»Pfoten weg von dem Schaukelpferd!«, schrie ich. Solche Nostalgiekugeln kosteten heute ein Vermögen!

Mit einem feinen Klirren zerbrach das Pferdchen.

Oh nein! Diese schwarze Teufelin! Ich packte Carla am Kragen und sperrte sie wieder ins Bad. Hoffentlich merkte sie jetzt, wie unartig sie gewesen war, und dass ich dieses Benehmen nicht dulden würde, traumatische Vergangenheit hin oder her. Meine eigene Vergangenheit war zwar nicht vegan, aber auch nicht immer besonders rosig gewesen, und trotzdem zerstörte ich keinen Weihnachtsschmuck.

Meine disziplinarischen Maßnahmen blieben erfolglos. Sobald ich die Katze herausließ, hing sie gleich wieder im Baum, und nachdem noch eine zweite Kugel kaputt gegangen war, resignierte ich. Ich hängte den Schmuck im unteren Drittel ab. Mir blieb nichts anderes übrig. Denn leider fiel mir niemand aus meinem Bekanntenkreis ein, der an Weihnachten keinen Baum hatte und darüber hinaus die Zeit und die Nerven, eine kotzende Katze über die Feiertage bei sich aufzunehmen.

Permanent im Bad einsperren konnte ich Carla auch nicht – sie war auch so schon neurotisch genug. Bekümmert betrachtete ich den prächtigen Baum. Ob es irgendwo schönen Plastikschmuck gab, der nicht billig aussah und auch nicht nach China-Chemie roch? Ich ließ Carla zum dritten Mal an diesem Tag aus dem Bad, und zum dritten Mal an diesem Tag sprintete sie auf den Baum zu. Als sie merkte, dass all die Schätze viel zu hoch und außerhalb ihrer Pfotenreichweite hingen, schlug sie mir mit der Tatze auf den Fuß und versuchte dann, am Stamm hinaufzuklettern. Doch die Äste waren zu dicht, und sie zu dick, sodass sie nicht besonders weit kam.

Wenigstens ein Lichtblick, dachte ich mit einem tiefen Seufzer, und ich ging in die Küche, um mir einen Kaffee zu machen. Als ich wieder herauskam, lag Carla in der Weihnachtskrippe und schlief. Die Holzfiguren aus dem Grödnertal, die ich seit Jahren sammelte und jedes Jahr um eine weitere ergänzte (dieses Jahr war es der Ochse gewesen), lagen um sie verstreut. Lediglich ein kleiner Hirtenjunge mit einem Lamm auf dem Arm befand sich noch in der Senkrechten.

Es klingelte an der Tür. Nina, meine Schwägerin, stand davor, und sie hielt meinen dreijährigen Neffen Leo an der Hand. Ihre langen kastanienbraunen Locken waren zu einem nachlässigen Dutt am Oberkopf zusammengebunden. Ihr sonst so zarter Teint war mit hektischen roten Flecken übersät.

»Was macht ihr denn hier?«, fragte ich verdutzt. Dann wuschelte ich Leo durch die Haare. »Du siehst aber süß aus.« Mein Neffe trug eine beige Cordhose, einen grauen Wollpullover mit beigem Muster und blanke dunkelbraune Schnürstiefel, und aus seinem Ausschnitt blitzte ein weißer Hemdkragen hervor. Er sah aus wie aus einem Katalog für englische Kindermode entsprungen.

»Ich würde dich nicht damit belästigen, wenn es nicht ganz dringend wäre«, kam Nina direkt zum Punkt. »Kannst du auf Leo aufpassen und ihn später mit zur Kirche nehmen?«

»Was ist denn passiert?«

»Im Laden ist eine Scheibe eingeschlagen worden. Die Security hat mich gerade angerufen.«

Meine Schwägerin war eigentlich Journalistin, aber nachdem ihre Mutter schwer erkrankt war, hatte sie das *Gusto Italiano* übernommen, ein Delikatessengeschäft, das in den vornehmen Münchner Fünf Höfen lag.

»Ausgerechnet so kurz vor Weihnachten.« Nina sah aus, als würde sie gleich anfangen zu weinen.

»Los, mach, dass du wegkommst!« Ich hob Leo hoch und setzte ihn mir auf die Hüfte. Zu dieser Jahreszeit konnte Nina sich einen Verdienstausfall genauso wenig leisten wie ich.

»Du bist meine Rettung! Wie kann ich das nur wieder gutmachen?« Nina drückte erst mir, dann ihrem Sohn einen Kuss auf die Wange. »Schön brav sein, Schätzchen, und auf Tante Elisa hören!«, ermahnte sie ihn, und zu mir sagte sie: »Tom fährt mich hin. Wir kommen dann direkt zur Kirche«. Und schon war sie auf ihren hohen Absätzen die Treppe hinuntergelaufen.

Leo schaute ihr ein paar Augenblicke mit versteinerter Miene nach, dann sagte er: »Jetzt ist die Mama weg!« Seine Mundwinkel fielen hinab, und eine Träne kullerte ihm aus dem Augenwinkel.

Ich wischte sie weg und zerzauste ihm sein weiches braunes Haar. »Aber sie kommt doch bald wieder«, tröstete ich ihn und drückte ihn an mich. »Komm, wir schauen mal, wo Carla ist! Magst du eine heiße Schokolade?«

Das fellige Jesuskind lag immer noch selig schlummernd in der Krippe, doch als ich die Rollläden herunterließ und den Laserpointer anmachte, war Carla sofort hellwach. Sie liebte es, dem Lichtstrahl hinterherzujagen. Wenn sie mal wieder ihre aggressive Phase hatte, war das eine wundervolle Möglichkeit für mich, sie auszupowern.

»Guck mal, Leo! Das ist so eine Art cooles Jedi-Schwert«, sagte ich zu meinem Neffen und gab ihm den schmalen silbernen Stab in die Hand. Sein skeptischer Blick verriet mir, dass er keine Ahnung hatte, wovon ich redete. Klar, er stand ja auf diesen Kerl mit dem gelben Schutzhelm, der ständig Sachen reparierte. Ob es in meinem Werkzeugkoffer etwas gab, das kinderfreundlich war? Aber auch wenn Leo mit Star-Wars wenig anfangen konnte, konnte er sich schließlich doch dafür begeistern, in meiner abgedunkelten Wohnung vor dem Tannenbaum zu sitzen und Carla von der einen Seite zur anderen zu jagen und sie an Wänden hochspringen zu lassen.

Als er das Wort *Mama* schon eine ganze Weile nicht mehr gesagt hatte, ging ich schnell in die Küche. Hinter meinem Rücken hörte ich Leo vergnügt kichern. Sehr gut! Er war beschäftigt und ich konnte ihn ohne Weiteres kurz allein lassen. Ich kochte Milch mit einer Vanilleschote und Zimt auf und gab einen Block Trinkschokolade hinein. Sofort färbte sich die Milch braun, und ein tröstlicher Geruch zog durch die Küche. Er erinnerte mich an meine Kindheit. Damals war heiße Schokolade ein Allheilmittel gewesen, und das Rezept wurde von jedem unserer Au Pairs stets an das nächste weitergegeben.

Ich nahm eine Tasse aus dem Schrank – die bunteste, die ich finden konnte – und hatte schon den Topf in der Hand, als auf einmal ein dumpfer Knall ertönte, ein Peng, dann mehrere feine Pings. Wie Nadelstiche drangen sie an mein Ohr, und einen Moment stand ich starr da, bevor ich den Topf zurück auf den Herd donnerte und vorbei an Carla, die mit aufgeplustertem, hektisch peitschenden Schwanz auf der Türschwelle kauerte, ins Wohnzimmer raste.

Der Baum lag inmitten eines Mosaiks aus Glasscherben. Seine Äste hatten meine Yucca-Palme umgeworfen, aus dem Blumentopf rieselte Erde auf das Parkett, meine Stehlampe konnte ich nirgendwo entdecken. Genauso wenig …

»Leo!«, rief ich hysterisch. »Wo bist du?«

Außer einem weiteren Ping – eine gläserne Zuckerstange war zu Boden gefallen – war kein Geräusch zu hören.

»Leo!«, rief ich noch einmal. Ich begann, an dem Baum zu zerren. Weitere Kugeln fielen zu Boden, aber nichts hätte mir in diesem Moment gleichgültiger sein können.

Was hatte ich mir nur dabei gedacht, den Kleinen allein zu lassen? Er war doch erst drei! *Kind von Weihnachtsbaum erschlagen*, sah ich die Schlagzeile vor mir. Mein Herz fing beim Gedanken an dieses Horrorszenario an heftig zu schlagen, Übelkeit stieg in mir auf. In diesem Moment sah ich den Schnürstiefel. Eine Strumpfhose steckte darin, auf der ein Bagger und der Bauarbeiter mit dem gelben Helm abgebildet waren. Erleichtert zog ich Leo zwischen Sofa und Heizung heraus.

»Mein Gott! Warum hast du denn nichts gesagt? Was ist denn passiert?« Ich nahm in auf den Arm.

Leos kleiner Körper wurde von Schluchzern geschüttelt. »Ich … ich …« Er brauchte mehrere Anläufe, um den Satz hervorzubringen. »Ich wollte mich unter den Baum setzen und Geschenk spielen. Ich dachte, dass du dich freust.« Er verbarg sein Gesicht in meiner Schulterbeuge.

Es dauerte ein wenig, bis ich wieder dazu in der Lage war, etwas zu sagen. »Ich hätte mich ja auch gefreut«, überwand ich mich zu einer Notlüge. »Und dass der Baum umgefallen ist, ist gar nicht schlimm«, ließ ich gleich eine zweite folgen. Ich wandte den Blick ab, um das Meer der Verwüstung nicht mehr sehen zu müssen. Die Kugeln meiner Oma! Ich hatte noch nicht ausmachen können, wie viele davon kaputt gegangen waren, aber mir war bereits jetzt klar, dass mir jeder einzelne Verlust körperlichen Schmerz zufügen würde. Diese kleine Kröte ... Da ich nun wusste, dass Leo wohlauf war und seelisch bestimmt auch keinen größeren Schaden davongetragen hatte, wich meine Sorge der Wut. Ich brauchte dringend Schokolade. In diesem besonders schweren Fall von Stress konnte die Medizin meiner Kindheit beweisen, dass sie es immer noch drauf hatte. Apropos ... Ich hob den Kopf und schnupperte. Was roch denn hier so komisch! Die Milch! Mit Leo auf dem Arm lief ich in die Küche. Die Milch war über den Rand des Topfs getreten und verteilte sich als braune Kruste auf dem Herd.

»Was ist denn, Tante Elisa?«, fragte Leo ängstlich.

Vermutlich sah ich in diesem Moment wie der durchgeknallte Massenmörder mit der Säge aus *Freitag, der 13.* aus. Nachdem ich den Film als Teenager heimlich angeschaut hatte, hatten mich wochenlang Albträume geplagt.

Ich zwang mich, erst ruhig durchzuatmen, bevor ich ihm Antwort gab. »Also, ich weiß ja nicht, wie es dir geht, Leo«, sagte ich ruhig, »aber ich brauche jetzt erst einmal etwas Hochprozentiges.«

7. KAPITEL

Obwohl es länger dauerte, fuhren wir mit der Straßenbahn nach Grünwald, dem noblen Villenvorort von
München, in dem meine Eltern wohnten. Den Nissan
ließ ich lieber stehen. Es hatte sich nämlich gezeigt, dass
ein Haselnussschnaps nicht reichte, um mich einigermaßen zu beruhigen, im Internet nach einer Folge mit
dem dauerreparierenden Bauarbeiter zu suchen, Leo mit
dem Laptop auf die Couch zu setzen, die verbrannte
klebrige Schokoladenmilch von Herd und Boden auf-
zuwischen und das Chaos in meinem Wohnzimmer zu
beseitigen. Dazu waren drei Schnäpse nötig gewesen.

Nur 27 von über 40 Kugeln waren heil geblieben
und vier von fünf Glasvögeln. In meinem Lampen-
schirm war ein Riss, und der Übertopf der Yuccapalme
hatte einen Sprung. Nur die Holzfiguren aus dem Erzgebirge hatten den Sturz ausnahmslos überstanden. Ich
hätte weinen können. Wenn ich Zeit gehabt hätte …

Nachdem die schlimmsten Spuren der Verwüstung
beseitigt waren, hatte ich mir Leo und den Laptop ge-
schnappt und beide zu mir ins Bad gequetscht. Nie
wieder würde ich dieses Kind auch nur eine Sekunde

allein lassen! Danach war ich unter die Dusche gesprungen.

Darauf hätte ich allerdings verzichten können, denn als Leo und ich endlich in Grünwald ankamen, war ich schweißgebadet. Die Straßenbahn hatte aus unerfindlichen Gründen mitten auf der Strecke einen längeren Halt eingelegt, Leo hatte während der Fahrt alles, was er sah, kommentiert (*Guck mal, das Auto! Guck mal, das Baby! Guck mal, der Hund!*), und als er aufstand, hatte ich gesehen, dass seine helle Cordhose am Po voller Schmutzflecken war. Leise vor mich hin schimpfend hatte ich versucht, sie mit Spucke und Papiertaschentüchern zu entfernen.

Tom und Nina warteten an der Trambahnhaltestelle auf uns. Leo machte sich sofort von meiner Hand los und stürmte auf seine Eltern zu. Mein Bruder wirbelte ihn herum und setzte ihn sich zu Leos Entzücken auf die Schultern.

»Ist im Laden wieder alles in Ordnung?«, fragte ich meine Schwägerin. Anscheinend hatte auch sie von meiner Mutter Anweisungen erhalten, wie sie sich anziehen sollte. Sie trug weite graue Hosen aus einem weichen Stoff, Pumps und einen schicken dunkelgrünen Mantel. Genau wie ich hätte sie in diesem Aufzug problemlos zu einem Adventstee der englischen Königsfamilie gehen können.

Sie nickte. »Der Glaser ist gerade da und setzt eine neue Scheibe ein. Danke, dass du auf Leo aufgepasst hast. Ohne dich wäre ich verloren gewesen. Hat er sich benommen?«

Ich zögerte einen Moment, bevor ich sagte: »Natürlich. Er ist ein Schatz. Wir hatten viel Spaß.«

»Agathe und Karl sind mit Herrn und Frau Krause schon zur Kirche vorgegangen«, erklärte Tom. Schon seit seiner Grundschulzeit weigerte er sich, unsere Eltern Mama und Papa zu nennen.

Erst jetzt kam ich dazu, meinen Bruder ein wenig näher zu betrachten. Seine Haare, die ihm sonst meist zerzaust in die Stirn hingen, waren zu einem ordentlichen Seitenscheitel gekämmt. Er hatte eine dunkle Wolljacke an, die aussah, als ob sie am Hals kratzte, und … einen grauen Wollpullover mit beigem Muster, aus dessen Ausschnitt ein weißer Hemdkragen hervorblitzte, eine beige Cordhose und dunkelbraune Halbschuhe. Oh mein Gott! Leo und er gingen im Partner-Look. Es fiel mir schwer, nicht haltlos zu kichern.

Als er meinen amüsierten Blick bemerkte, verzog er das Gesicht. »Kein Wort über mein Outfit«, sagte er finster.

»Natürlich nicht.« Ich machte mit Daumen und Zeigefinger eine Geste, als würde ich meine Lippen mit einem Reißverschluss verschließen. Trotzdem konnte ich es mir nicht verkneifen, mich zu Leo herunterzubeugen und zu sagen: »Da hatte ich den ganzen Tag einen kleinen George bei mir zu Hause, und wusste nicht, dass es dazu auch noch den passenden Prinz William gibt.«
Nina drehte den Kopf zur Seite und hielt sich die Hand vor den Mund. Ihr leises Glucksen konnte ich dennoch hören.

Tom warf uns einen vernichtenden Blick zu. »Gehen wir.«

Vor der Kirche trafen wir unsere Eltern und den Intendanten nebst Ehefrau. Er war ein großer Mann mit silbergrauem Haar und randloser Brille, Typ Sky Du Mont. Seine Frau war, anders als Frau Hasselbusch, keine dieser schrecklichen Münchner-Schicki-Micki-Frauen, deren wahres Alter allenfalls an Hals und Händen zu erkennen war, sondern sie war klein und rundlich, und unter ihren dichten Ponyfransen blitzten fröhliche braune Augen.

»Elisa, da bist du ja endlich!« Meine Mutter trat auf mich zu. Sie legte ihre schmalen, feingliedrigen Pianistenhände auf meine Schultern und hauchte rechts und links meiner Ohren Küsschen in die Luft.

»Die Trambahn hat mitten im Nirgendwo angehalten.«

Meine Mutter hob den Kopf und schnupperte. »Was riecht denn hier so komisch?«

Ich hielt hastig den Atem an. Bestimmt war das Mundwasser, mit dem ich gegurgelt hatte, den drei Gläsern Schnaps einfach nicht gewachsen gewesen.

Nachdem ich auch meinen Vater begrüßt hatte, wurde ich Herrn und Frau Krause vorgestellt.

»Endlich lerne ich Sie kennen«, sagte Frau Krause. »Ihre Mutter hat mir vorhin beim Kaffeetrinken erzählt, dass Sie in der Buchbranche arbeiten. Sie müssen wissen, ich bin eine schreckliche Leseratte. Nach dem Gottesdienst müssen Sie mir unbedingt ein paar ihrer aktuellen Favoriten verraten. Mein Mann und ich fahren über Silvester mit Freunden in den Bayerischen Wald, und ich habe mich noch gar nicht mit Lektüre eingedeckt.«

Sie fuhren in den Bayerischen Wald? Nicht nach Kitzbühel oder St. Moritz? Ich begann, mich zu entspannen. Der neue Intendant und seine Frau schienen umgängliche Menschen zu sein. Die Ängste meiner Mutter, einen schlechten Eindruck bei ihnen zu hinterlassen, waren komplett unbegründet. Außerdem … wie viele Möglichkeiten hatte man schon, sich während eines Gottesdiensts daneben zu benehmen? Leo konnte natürlich anfangen zu quengeln, aber das würden Herr und Frau Krause Prinz George bestimmt nachsehen.

Gerade beugte sich Frau Krause zu ihm hinunter und kitzelte ihn unterm Kinn. »Was bist du nur für ein süßer Fratz! Ich habe selbst drei Enkel, auch alles Jungs.« Leo lächelte schelmisch und versteckte sich dann schnell hinter dem Bein seines Vaters. Obwohl er wirklich ein aufgewecktes Kerlchen war, war er Fremden gegenüber immer ein bisschen schüchtern.

Wir betraten gemeinsam die katholische Kirche. Von außen sah das verwinkelte Gebäude fast schon futuristisch aus. Auch das Innere war hell und modern. Über den Mittelgang schritten wir auf ein wunderschönes deckenhohes Glasfenster zu, das ganz in Weiß und Violetttönen gehalten war.

Der Pfarrer, der auch Leo getauft hatte, verließ kurz darauf mit seinen Messdienern die Sakristei, und die Kirchenorgel stimmte *Wir sagen euch an den lieben Ad-*

vent an. Obwohl ich gerne sang und den Text des Liedes von Kindesbeinen an kannte, hielt ich mich ein bisschen im Hintergrund. Die Musikalität meiner Eltern hatte ich nämlich nicht geerbt. Neben der glockenhellen Singstimme meiner Mutter und dem frei schwebenden Gesang meines Vaters wäre es aber auch schwer gewesen, sich in den Vordergrund zu drängen. Ich sah, wie Frau Krause ihren Mann anstieß und mit dem Kinn in Richtung meiner Eltern zeigte. Bewunderung lag in ihrem Blick. Auf das Gesicht meiner Mutter, der diese Geste auch nicht entgangen war, legte sich ein Lächeln, und ich musste kein Mentalist sein, um ihre Gedanken zu lesen. Alles lief nach Plan!

Gegen Ende des Gottesdiensts musste ich dann tatsächlich noch fast ein paar Tränchen vergießen, denn der Grünwalder Kinderchor trat vor. Jeder Junge und jedes Mädchen hielt ein Teelicht in der Hand. Sie stellten sich vor dem Altar auf und begannen *Tragt in die Welt nun ein Licht* zu singen, ein Lied, das mir als Kind ganz besonders gut gefallen hatte. Auch Leo kannte es, und die ersten Verse krähte er fröhlich mit. Als er merkte, dass ich ihn beobachtete, grinste er mich an, und in diesem Moment konnte ich ihm die Sache mit dem Geschenk verzeihen, zumindest, solange ich nicht zu Hause war und den nur noch spärlich geschmückten, zerrupften Baum vor Augen hatte.

Die Kinder waren bereits bei der vorletzten Strophe angekommen (*Tragt zu den Armen ein Licht. Sagt allen: Fürchtet euch nicht!*), als sich dem engelsgleichen Gesang auf einmal, erst nur leise, ganz andere, viel rockigere Töne beimischten.

»Unmöglich, diese Jugend von heute!«, hörte ich meine Mutter zu Frau Krause zischen. Tom grinste und flüsterte Nina etwas ins Ohr. »Hörst du das?«, fragte der Mann vor uns seine Frau.

Alles um mich herum war in Bewegung. Ich jedoch saß steif wie ein Streichholz da. Und mit Sicherheit hatte ich einen genauso roten Kopf. So unauffällig wie möglich versuchte ich, mit klammen Händen den Verschluss meiner Tasche zu öffnen. War es denn zu glauben, dass Richard mich ausgerechnet heute anrief? Und warum war ich nur so kindisch gewesen, ihm dieses Lied zuzuweisen? Die Musik wurde zunehmend lauter und meine Bewegungen immer hektischer. Endlich ging der Reißverschluss auf, und ich konnte meine Hand in die Tasche schieben. Doch da sie stets einen Inhalt hatte, mit dem ich mühelos eine Woche auf der Straße hätte leben können, stieß ich zwar auf eine Packung Papiertaschentücher, meinen Geldbeutel, den Wohnungsschlüssel und etwas, das ich aufgrund seiner bröseligen Konsistenz und dem schmierigen Film, den es auf meiner Haut hinterließ, als ein Stück Lebkuchen ausmachte. Mein Handy jedoch blieb verschollen. Wo war dieses verflixte Ding denn nur? Es musste in der Tasche sein. Mittlerweile hatten nicht nur meine Familie, sondern auch die anderen Gottesdienstbesucher die Musik gehört. Sie fingen an zu tuscheln und verwirrt die Köpfe zu drehen, um nach der Quelle dieses wenig christlichen Gesangs Ausschau zu halten. Schande, schande, schande! Irgendwann musste Richard doch kapieren, dass ich nicht ranging, und auflegen. Immer schneller durchwühlte ich das Innenleben meiner Tasche. Hier war es also! Das Nasenspray, das ich vor ein paar Tagen gekauft und seitdem nicht mehr gesehen hatte. Und das kleine Stück Papier war vielleicht der Abholzettel meiner Uhr, den ich beim Uhrmacher so verzweifelt gesucht hatte. Inzwischen hatte selbst der Pfarrer aufgehört zu singen. Er war hinter dem Altar hervorgetreten und hatte sich vor seiner Gemeinde aufgebaut.

»Ich möchte denjenigen, der sich diesen unangemessenen Scherz erlaubt, dringend bitten, damit aufzuhören!«, sagte er mit wutverzerrter Miene.

Meine Finger berührten etwas Hartes. Endlich! Da war es. Erleichtert drehte ich das Handy zwischen meinen Fingern, um an den Ausschaltknopf zu gelangen. Doch als ich ihn nach quälend langen Sekunden fand, waren die Ärzte längst beim Refrain angekommen und sangen fröhlich: *»Männer sind Schweine!«*

8. KAPITEL

Die ganze Nacht hatte ich wachgelegen, und als ich mich am nächsten Tag vollkommen übermüdet zum Buchladen schleppte und beim Eintreten fast von einer Schneelawine erschlagen wurde, wusste ich, dass ich die Prophezeiung der Wahrsagerin nicht länger ignorieren durfte.

Ich rief bei der Firma an, die uns am Samstag den Schornsteinfeger geschickt hatte. Niemand ging ans Telefon, was ich an einem Montag um halb zehn äußerst seltsam fand. Die Firma hat mit Sicherheit schon Urlaub, redete ich mir ein, aber ich konnte eine andere Möglichkeit nicht verdrängen: Was, wenn sie wegen eines Trauerfalls geschlossen war? Vielleicht hatte der Schornsteinfeger durch den Schlag mit dem Besen oder den Aufprall auf dem Boden eine Gehirnblutung erlitten? Es waren schon Menschen an weitaus harmloseren Dingen gestorben. Allein bei dem Gedanken daran stellten sich mir die Nackenhaare auf. Als um elf bei der Energieberatung Hans-Jürgen Heiligenbrunner immer noch niemand ans Telefon ging, war mir klar, dass ich mir Gewissheit verschaffen musste. Ich sagte zu Elke, dass ich mich nicht wohl fühlte – was noch nicht einmal gelogen war –, doch anstatt nach Hause zu gehen und mich mit einer Wärmflasche ins Bett zu legen, fuhr ich zu der im Internet angegebenen Adresse. Die Firma befand sich in der Marstallstraße ganz in der Nähe der Münchner Residenz – und nicht allzu weit weg von den Fünf Höfen.

Da ich mir sagte, dass ein Kaffee mir helfen würde, Nachrichten aller Art viel gefasster gegenüberzutreten, schaute ich vorher noch im *Gusto Italiano* vorbei.

Nina freute sich, mich zu sehen, und sie fand, dass es in keinem Fall schaden könnte, sich zu erkundigen, wie es dem Schornsteinfeger ging. Auch sie hielt eine Entschuldigung für angebracht. Dass die Geschehnisse der letzte Tage mit dem zusammenhingen, was die Wahrsagerin gesagt hatte, wollte sie jedoch nicht glauben.

»Das ist doch alles Zufall!«

»Das kann kein Zufall sein«, widersprach ich ihr. »Überleg nur, was mir in den letzten zwei Tagen alles passiert ist. Ich habe die U-Bahn verpasst, Carla hat sich auf mein Bett übergeben, der Tannenbaum ist viel zu groß für meine Wohnung, die Milch ist übergekocht, gestern dann auch noch mein Auftritt in der Kirche … Und heute Morgen bin ich auf dem Weg zum Laden fast von einer Schneelawine getötet worden.« Dass fast alle meine Weihnachtsschmuck-Erbstücke dem Attentat ihres Sohns zum Opfer gefallen waren, verschwieg ich weiterhin geflissentlich.

»Ich verpasse ständig die U-Bahn, mein Hund hat sich auch schon mal auf dem Badvorleger übergeben, und wenn dein Bruder nicht endlich loszieht und einen Weihnachtsbaum kauft, werden wir dieses Jahr überhaupt keinen haben. Mein Auto hat letzte Woche eine Schneelawine abbekommen, und die Milch kocht mir quasi täglich über. Behaupte ich deswegen, dass ich Pech habe?«

»Ist dir das alles innerhalb von zwei Tagen passiert?«, fragte ich sie streng.

»Nein, gab Nina zu, »und die Sache in der Kirche …« Sie fing an zu kichern.

»Das ist nicht lustig«, sagte ich scharf.

Auch wenn Herr und Frau Krause die Sache einigermaßen mit Humor genommen hatten (O-Ton Frau Krause: »Sie glauben gar nicht, wie oft ich schon unglücklich verliebt gewesen bin, Herzchen!«), meine Mutter hatte es nicht. Schon um kurz vor zehn hatte ich ihr Haus zusammen mit den Krauses verlassen, damit sie keine Gelegenheit bekam, mich unter vier Augen zu sprechen. Ihre unzähligen Anrufe hatte ich seitdem ignoriert. Da meine Eltern bereits heute Morgen zu ihrer Kreuzfahrt aufbrechen würden, konnte ich nur hoffen, dass sich ihre Wut bis zu ihrer Rückkehr am 6. Januar verflüchtigt hatte.

»Tom zumindest hat sich gefreut, dass dieses eine Mal nicht er derjenige war, der sich daneben benommen hat«, sagte Nina immer noch kichernd.

Ich kippte den Latte macchiato in einem Zug herunter und verbrannte mir dabei die Zunge. »Ich muss jetzt los«, sagte ich und knallte Nina das Geld auf den Tisch.

»Du musst doch bei mir nichts bezahlen«, protestierte sie. »Und warte! Ich komme mit. Puck muss sowieso noch raus.«

Sie wies Mimo, einen ihrer italienischen Mitarbeiter, an, die Theke zu übernehmen, und rief nach ihrem Malteserhündchen, das wie immer in einem Korb im hinteren Ladenbereich lag und schlief.

Mit wippendem Kringelschwanz lief der winzige weiße Hund vor uns her, als wir uns auf den Weg zur Marstallstraße machten.

»Ich finde es ja nett von dir, dass du dich bei dem Schornsteinfeger entschuldigen willst, nachdem du ihm den Besen auf den Kopf gehauen hast«, sagte Nina, als wir durch den winterlich verschneiten Hofgarten marschierten. Ihre rote Jacke leuchtete wie Klatschmohn inmitten des ganzen Weiß, Puck dagegen konnte man zeitweise nur anhand seiner schwarzen Knopfaugen und der rosa Zunge ausmachen.

»Hat sich Richard eigentlich noch mal bei dir gemeldet?«, fragte Nina.

»Nein«, antwortete ich finster. »In dieser Hinsicht habe ich doch tatsächlich einmal Glück gehabt.« Niemals würde ich vor Nina zugeben, dass ich nach der Rückkehr in meine Wohnung wie paralysiert auf dem Sofa gesessen und nicht den Weihnachtsbaum, sondern das Display meines Handys angestarrt hatte, und meine Gedanken um eine ganze Menge Vielleichts gekreist waren. Vielleicht hatte er mir sagen wollen, dass er sich von seiner Frau getrennt hat! Vielleicht hatte er erkannt, was für ein unglaublicher Idiot er gewesen war! Vielleicht hatte er gemerkt, dass ich die Liebe seines Lebens war und dass er es keine Sekunde länger ohne mich aushielt! Erst in den frühen Morgenstunden war ich schlafen gegangen. Seine Nummer zu löschen, schaffte ich immer noch nicht, aber zumindest unterlegte ich sie mit einem anderen Song. *Sieh es doch endlich ein, Elisa! Es ist vorbei!*

Die Energieberatungsfirma Heiligenbrunner befand sich im Erdgeschoss eines dreigeschossigen Stadthauses mit braunen Fensterläden. Ein Schild an der Tür »Wegen Trauerfalls geschlossen« konnte ich zu meiner großen Erleichterung nicht ausmachen, und durch die vorhanglosen Fenster sah ich, dass mittlerweile jemand im Geschäft war. Eine mollige Frau mittleren Alters mit brünetter Ponyfrisur und Brille saß an einem Computer und tippte.

»Ich schlendere noch ein bisschen über die Maximilianstraße«, sagte Nina.

»Fehlt dir noch ein Geschenk für meinen Bruder?«, witzelte ich nervös. In der Maximilianstraße, Münchens nobelster Einkaufsmeile, reihte sich eine namenhafte Designerboutique an die nächste. Es war nicht anzunehmen, dass Tom mit Labels wie Tod's, Salvatore Ferragamo oder Chopard etwas anfangen konnte, geschweige denn, dass er etwas aus deren Kollektion tragen würde.

Nina lächelte mir aufmunternd zu. »Du kannst mich anrufen, wenn du fertig bist.«

Mit einem Gefühl, als wäre ich auf dem Weg zum Schafott, betrat ich die Firma.

9. KAPITEL

»Was kann ich für Sie tun?«, fragte mich die Frau freundlich.

Wie so viele Menschen, die mit Kunden zu tun haben, hatte sie bemerkenswerte lange und gepflegte Fingernägel. Ich musste ein paarmal schlucken, bis ich den Frosch in meinem Hals los war und eine Begrüßung herausbrachte. »Am Samstag gab es in meinem Buchladen einen Notfall.« Nervös knetete ich meine Hände. »Einer Ihrer Schornsteinfeger musste kommen. Ich möchte gern den Namen des Mannes wissen.«

Die Frau runzelte leicht die Stirn. »Gab es ein Problem?«

»Ja … das heißt … nein.« Ich holte tief Luft. »Also das Problem, weswegen ich Ihren Mitarbeiter angefordert hatte, konnte behoben werden. Aber der Mitarbeiter selbst …« Ich zwang mich, ihr in die Augen zu schauen. »Ich habe ihm aus Versehen einen Besen gegen den Kopf geschlagen«, flüsterte ich. Was sollte ich lange um den heißen Brei herumreden? Garantiert wusste sie ohnehin schon, was passiert war.

Das tat sie. »Ach, der Chef war bei Ihnen«, sagte sie.

Dieser Holzkopf war der Chef? Hans-Jürgen Heiligenbrunner persönlich?

»Das kann ich mir nicht vorstellen. Können Sie noch einmal nachschauen?«

Die Frau sah mich befremdet an, folgte aber meiner Aufforderung. »Es war der Chef«, sagte sie nach einem Blick auf den Monitor. »Normalerweise ist er nur noch im Büro. Aber an den letzten Wochenenden hat er den Außendienst übernommen.«

»Haben Sie ein Foto von Ihrem Chef?«

Die Miene der Frau wurde noch skeptischer. Wortlos zeigte sie mit ihrem in warmem Moosgrün lackierten Zeigefinger auf das Bild, das hinter ihr an der Wand hing. Ich war so nervös gewesen, dass ich gar nicht darauf geachtet hatte. Tatsächlich! Da war er. Zusammen mit einem Mann und einer Frau von vielleicht sechzig Jahren. Vermutlich waren das seine Eltern. Offensichtlich war die Energieberatungsfirma Heiligenbrunner ein Familienunternehmen. Ohne den hässlichen schwarzen Anzug, sondern in Jeans und Pullover und mit einem weitaus freundlicheren Gesichtsausdruck sah der Mann gar nicht so schlecht aus. Und jünger. Am Wochenende hatte ich ihn auf Anfang vierzig geschätzt. Wenn das Bild nicht schon vor Jahren aufgenommen worden war, konnte er aber höchstens Mitte dreißig sein, und somit kaum älter als ich.

Ich räusperte mich. »Ja, dann war es wohl der Chef. Können Sie mir sagen, wie es ihm geht? Er ist gestürzt und meinte, er hätte sich den Arm gebrochen. Ich habe ihn natürlich sofort ins Krankenhaus gefahren. Aber die

Buchhandlung … ich konnte das Ergebnis der Untersuchung nicht abwarten. Ist er noch im Krankenhaus?«

»I wo.« Jetzt lachte die Frau und zeigte eine Reihe kleiner weißer Zähne. »Zwei Stunden später war er wieder im Haus. Der Arm war nur stark geprellt. – Männer!«, fügte sie kopfschüttelnd hinzu.

Am liebsten hätte ich nach dieser Auskunft auf dem Absatz umgedreht und wäre aus dem Geschäft gestürmt – er lebte, ihm fehlte nichts Gravierendes! – aber ich konnte mir nicht vorstellen, dass die Schuld, die ich laut der Wahrsagerin auf mich geladen hatte, allein dadurch getilgt war, dass ich mich nach ihm erkundigt hatte.

»Ist er da?«, fragte ich deshalb.

»Bis jetzt habe ich ihn noch nicht gesehen.«

»Können Sie herausfinden, wann er kommt? Ich möchte mich gerne bei ihm für die Unannehmlichkeiten entschuldigen, die ich ihm verursacht habe.«

»Ich glaube wirklich nicht, dass das nötig ist. Er ist nicht nachtragend, und Sie haben es ja mit Sicherheit nicht absichtlich gemacht. Aber ich kann gerne nachfragen …« Die Frau stand auf und rief durch eine offene Tür: »Mechthild, weißt du, wann der Chef zurückkommt?«

»Der ist doch bis Neujahr am Arlberg«, rief eine körperlose Stimme zurück. »Im Zürserhof!«

Ich presste die Lippen zusammen. Wie blöd! Er war verreist. Und das gleich für zwei Wochen. »Könnten Sie mir vielleicht eine Nummer geben, unter der ich ihn erreichen kann?«, fragte ich.

Die Frau machte ein ungläubiges Gesicht. »Er ist im Urlaub.«

»Jaja, das ist mir klar. Aber die Schuld lastet wirklich schwer auf mir«, schob ich eilig nach.

»Ich werde ihm Ihre Gewissensbisse ausrichten. Nach seinem Urlaub kann er sich dann umgehend mit Ihnen in Verbindung setzen.«

»So lange kann ich nicht warten«, jammerte ich. »Ich muss mich jetzt bei ihm entschuldigen. Persönlich!« Ich beugte mich zu ihr vor und senkte meine Stimme: »Können Sie mir nicht einfach seine Handynummer geben? Ich werde auch nicht verraten, dass ich sie von Ihnen habe.« Ich zückte einen Zehn-Euro-Schein und schob ihn ihr diskret über den Tresen.

»Am besten gehen Sie jetzt«, sagte die Frau kühl und ohne den Schein auch nur anzusehen.

»Könnten Sie mir noch eine letzte Frage beantworten?«, bat ich sie, nachdem sie mich sanft, aber nachdrücklich nach draußen geleitet hatte.

»Ja, aber machen Sie schnell!«, sagte sie genervt.

»Ist Ihr Chef allein auf diesem Hof oder in Begleitung?«

»Verschwinden Sie!«

Immer noch peinlich berührt von der Szene, die sich in der Energieberatungsfirma Heiligenbrunner abgespielt hatte, schrieb ich Nina, dass ich nun fertig sei und ihr ein Stück entgegenkommen würde.

Wir trafen uns vor der Hermès-Boutique.

»Ist wohl nicht so gut gelaufen«, sagte Nina mitleidig, als sie mich sah.

»Nein, das ist es nicht. Der Chef ist im Urlaub, und die Mitarbeiterin hat mich rausgeschmissen.«

»Welcher Chef?«

»Ach so, das weißt du ja gar nicht. Der Schornsteinfeger war gar kein richtiger Schornsteinfeger, sondern der Chef der Firma persönlich. Normalerweise arbeitet er im Büro. Er ist nur für jemanden eingesprungen.« Kein Wunder, dass er so einen Murks veranstaltet hatte, wenn er gar nicht mehr regelmäßig im Training war.

»Das ist doch wundervoll!«, rief Nina.

»Wieso?«

»Wenn er kein echter Schornsteinfeger ist, dann bringt er kein Glück.«

Ich sah sie verständnislos an.

»Und kein Pech, wenn man ihm einen Besenstiel über den Kopf zieht«, fügte Nina erklärend hinzu. »Ich habe es dir doch gesagt: Das war alles nur Zufall!« Ihre grünen Augen funkelten triumphierend.

In diesem Moment spürte ich etwas Warmes an meinem Bein, und ich wollte gerade nachschauen, was das war, als Nina schon entsetzt schrie: »Puck, was machst du denn da?« Als ich verwundert ihrem Blick folgte, sah ich, dass das Malteserhündchen neben mir stand und eines seiner Stummelbeine gehoben hatte. Ein feuchter Fleck breitete sich auf meinem Hosenbein aus.

Nina riss den Hund hoch und hielt ihn weit von sich. »Du böser Hund, du!«, schimpfte sie. »Ich weiß gar nicht, was in ihn gefahren ist. So etwas hat er noch nie getan! Ich bezahle dir natürlich die Reinigung. – Elisa! Hörst du mich? Elisaaaa!« Sie stellte sich vor mich und legte die Hände auf meine Schultern. Genau wie …

»… die Wahrsagerin!«, murmelte ich tonlos.

»Was sagst du?«, fragte Nina.

Ich drehte mich abrupt um.

»Wohin läufst du?«, rief Nina mir nach.

»Zum Arlberg.«

»Zum Arlberg? Der ist in Österreich. Dorthin kann man doch nicht laufen! Und überhaupt … was willst du denn da?«

»Den Schornsteinfeger suchen«, rief ich über die Schulter zurück.

»Morgen ist Weihnachten! Und du wolltest zu uns kommen…« In Ninas Stimme schwang Verzweiflung mit. »Ich habe extra wegen dir Raclette-Käse gekauft!«

»Bis dahin bin ich längst wieder da.« Da vorne stand der Bus. Ich musste mich beeilen und so schnell wie möglich nach Hause, um zu packen.

»Elisa, so spontan kenne ich dich ja gar nicht! Du machst mir Angst.«

»Ich mir auch.« Mit diesen Worten sprang ich in den Bus.

10. KAPITEL

Mit dem Auto wäre ich viel schneller in Zürs gewesen. Doch aufgrund meiner aktuellen Pechsträhne traute ich mir die dreistündige Fahrt allein nicht zu und nahm lieber die Bahn. Angespannt wartete ich darauf, dass mich das Unglück auch im Zug einholen würde. Erst nachdem eine ganze Zeitlang alles reibungslos verlaufen war – kein Baumstamm blockierte die Strecke, es warf sich kein Selbstmörder auf die Gleise, ich hatte sogar alle Anschlusszüge problemlos erreicht –, sank mein Kopf schwer gegen den Sitz, und meine Augenlider fielen zu. Nach einer Nacht ohne Schlaf hatte das gleichmäßige Ruckeln des Zuges eine beruhigende Wirkung. Ich schlief tief und traumlos, und ich wachte erst auf, als der Zug quietschend an einem Bahnhof zum Stehen kam. Erschrocken warf ich einen Blick auf den Namen der Station. Musste ich hier schon raus? Ich faltete meinen Fahrplan auseinander. Nein! Wann dann? Ich schaute auf die Uhr.

Neeeeeeiiiin! Am liebsten hätte ich den Fahrplan genommen und ihn in winzige Stücke zerrissen. Vor zehn Minuten hätte ich bereits aussteigen müssen!

Nahm diese Pechsträhne denn gar kein Ende? Ich musste unbedingt diesen Schornsteinfeger finden!

Ich zerrte meinen Koffer von der Ablage und rannte zur Tür. Gerade noch rechtzeitig schaffte ich es, nach draußen zu springen. Durch dichtes Schneegestöber kämpfte ich mich zum Bahnhofsvorplatz und stieg in ein Taxi.

»Zum Zürserhof, bitte«, wies ich den Fahrer an, und er pfiff leise durch die Zähne.

Aufgrund des Namens hatte ich mir das Hotel eher schlicht vorgestellt. Das Internet hatte mich jedoch schon während der Zugfahrt darauf vorbereitet, dass der Zürserhof ein riesiger Fünf-Sterne-plus-Komplex war, der einsam mitten in einer tief verschneiten Berglandschaft lag. Als das Taxi vor dem Hotel hielt, war es bereits dunkel. Sofort flitzte ein livrierter Kofferträger auf uns zu.

»Darf ich Ihnen mit dem Gepäck behilflich sein, gnädige Frau?«, fragte der junge Mann. Die goldenen Knöpfe an seiner Uniform glänzten im Licht der Laternen.

»Nein, danke«, wehrte ich ab. »Ich wohne nicht hier. Ich möchte nur einen Bekannten besuchen.« Nach einem Blick auf die Preise des Zürserhofs hatte ich beschlossen, mich für die Nacht in einer der weitaus günstigeren Pensionen im Ort einzubuchen.

Mit meinem Koffer in der Hand stapfte ich zum Empfang. Das Innere des Hotels war in warmen Tönen gehalten und mit viel Holz ausgestattet. Hirschgeweihe hingen an den Wänden, außerdem einige Porträts in altmodisch verschnörkelten Goldrahmen. Eine junge Frau stand hinter dem Empfangstresen. Sie trug ein Dirndl mit roter Schürze und hatte ein sympathisches Lächeln.

»Ein Hans-Jürgen Heiligenbrunner ist bei Ihnen zu Gast. Können Sie auf seinem Zimmer anrufen und mich ankündigen?«

Die Frau sah in ihrem Computer nach. »Tut mir leid, aber derzeit haben wir keinen Gast mit diesem Namen.«

Das konnte nicht sein. Zürserhof am Arlberg. Ich war mir ganz sicher. Andererseits hatte auch ich mich schon gefragt, wie es sich ein Schornsteinfeger oder Energieberater – oder wie auch immer seine Berufsbezeichnung lautete – leisten konnte, hier vierzehn Tage Urlaub zu machen. Selbst wenn er der Chef des Unternehmens war.

»Lassen Sie mich kurz telefonieren«, sagte ich.

Ich setzte mich in einen der bequemen Sessel im Eingangsbereich und wählte die Nummer des Energieberatungsunternehmens.

Die Frau vom Morgen hob ab. Ich erkannte sie an ihrer Stimme.

Nachdem ich der Versuchung widerstanden hatte, einfach aufzulegen, sagte ich: »Elisa Bergmann, ich muss dringend mit Ihrem Vorgesetzten sprechen. Könnten Sie …«

Leider erkannte sie mich auch. Sie unterbrach mich empört: »Sie schon wieder!«

»Ja, ich«, gab ich kleinlaut zu. »Aber ich habe nur noch eine allerletzte, winzige Bitte: Könnten Sie Ihre Kollegin fragen, ob sie sich ganz sicher ist, dass Ihr Chef im Zürserhof am Arlberg abgestiegen ist? Vielleicht hat sie sich im Namen des Hotels geirrt.«

»Nein«, keifte die Frau. »Ich werde Ihnen keine weitere Auskunft geben. Rufen Sie hier nie wieder an, sonst muss ich mich an die Polizei wenden!«

Frustriert ging ich zum Empfang zurück.

»Könnten Sie mich kurz nachschauen lassen, ob ich meinen Bekannten irgendwo sehe?« Vielleicht war er inkognito hier. So wie Julia Roberts im Film *Notting Hill*. Miss Bambi hatte sie sich genannt.

»Aber ich habe Ihnen doch bereits gesagt, dass bei uns niemand mit dem Namen Hans-Jürgen Heiligenbrunner abgestiegen ist.« In die Stimme der Rezeptionistin mischte sich eine Spur Ungeduld.

»Bitte, nur ein kurzer Blick«, flehte ich.

»Ich bedaure. Den Zutritt zu unserem Haus kann ich nur angemeldeten Besuchern oder Hotelgästen gewähren.«

»Ich könnte bei Ihnen zu Abend essen«, schlug ich vor. »Ich habe sowieso Hunger.«

»Auch das Abendessen ist nur für Hotelgäste und ihre Besucher.« Nun klang sie definitiv ungeduldig.

Noch jemand, der mich für eine Verrückte hielt, gestand ich mir resigniert ein. Was war nur aus meinem durchstrukturierten Leben geworden?

»Gut.« Ich gab mich geschlagen. Es hatte keinen Zweck, sich zu wehren. Der Zürserhof war meine einzige Spur. »Haben Sie für heute Nacht noch ein Einzelzimmer frei?«

Die Rezeptionistin schaute im Computer nach, und das Lächeln kehrte in ihr Gesicht zurück. »Sie haben Glück.«

Nein, das hatte ich nicht! Schicksalsergeben reichte ich ihr Personalausweis und Kreditkarte. Nachdem ich von zu Hause ausgezogen war, hatten meine Eltern ein Konto für mich eingerichtet. Bisher hatte ich noch nie etwas davon abgehoben, weil ich ihnen und mir selbst beweisen wollte, dass ich auch ohne ihre Unterstützung auskam. Und weil ich das Geld für Notfälle aufbewahren wollte.

Dies war ein Notfall. Ein 600-Euro-Notfall.

»Möchten Sie nur eine Übernachtung mit Frühstück oder nehmen Sie Halbpension?«

»Halbpension, bitte.« Auf die paar Euro kam es nun auch nicht mehr an.

Mein Zimmer war, ebenso wie der Rest des Hotels, einladend und gemütlich. Am liebsten hätte ich mich in das große Boxspring-Bett fallen lassen und wäre nie wieder aufgestanden. Doch ich war nicht zu meiner Entspannung hier.

Ziellos streifte ich durch das Hotel. Ich schaute im Schwimmbad, im Fitnessstudio und im Gruppenraum nach, im Restaurant, im Raucherbereich auf der dunklen Sonnenterrasse und in der Kaminbar. Sogar ins »Kinderland« warf ich einen kurzen Blick. Nirgendwo eine Spur von diesem Hans-Jürgen Heiligenbrunner.

Die Zeit bis zum Abendessen würde ich in der Sauna totschlagen. Wenn ich schon diese astronomische Summe bezahlte, wollte ich meinen Aufenthalt wenigstens so gut wie möglich auskosten. Ich ging zurück in mein Zimmer und schlüpfte in den weichen Bademantel und die Stoff-Slipper, die auf meinem Bett für mich bereitlagen. Dann machte ich mich mit zwei großen Handtüchern auf den Weg zum Spa.

In dem über 3000 Quadratmeter großen Wellnessbereich, der sich über fünf Ebenen erstreckte, war es so kurz vor dem Abendessen wohltuend ruhig. Nachdem ich meine verspannten Muskeln eine Zeitlang im Panorama-Whirlpool gelockert hatte, betrat ich den Panorama-Ruhebereich. Bei Tag würde man hier einen phantastischen Rundumblick auf die schneebedeckten Alpen genießen können. Eine Sekunde bedauerte ich, dass ich bereits morgen Mittag wieder abreisen würde, doch dann fiel mir der Preis für mein Zimmer wieder ein.

Ich kuschelte mich mit einer Tasse Tee und einer Klatschzeitschrift in eine Liege direkt vor dem prasselnden Kaminfeuer, als ich ihn auf einmal sah. Er lag zwei Liegen rechts von mir, und obwohl er wie alle anderen Besucher des Ruhebereichs einen weißen Bademantel trug, erkannte ich ihn sofort. Er war also doch hier.

Mein Herz begann aufgeregt zu flattern. Das war ja mal wieder typisch für meine Pechsträhne, dass ich das ganze Hotel nach ihm durchsuchte und ihm dann ausgerechnet hier begegnete. Ungeschminkt! Und vor allem: Fast nackt! In diesem Zustand konnte ich diesem Hans-Jürgen unmöglich gegenübertreten.

Ich öffnete die Zeitschrift und hielt sie mir so dicht vor das Gesicht, dass ich schon unter einer ausgeprägten Kurzsichtigkeit hätte leiden müssen, um etwas von dem Artikel zu erkennen. So getarnt schielte ich an dem Rand der Seiten vorbei zu ihm hinüber.

Obwohl es mittlerweile stockdunkel war, und es abgesehen von ein paar Laternen draußen gar nichts zu sehen gab, starrte er gedankenverloren durch die Panoramascheibe. Seine rechte Hand lag auf seinem linken Unterarm. Vielleicht tat er ihm immer noch weh? Der unschöne Maulwurfshügel von einer Beule an seiner Stirn war abgeschwollen, aber immer noch sichtbar. Er presste fest die Lippen zusammen, und der Blick aus seinen blauen Augen war genauso düster wie vor ein paar Tagen im Laden. Schuldgefühle stiegen in mir auf. Er sah nicht so aus, als ob es ihm besonders gut ging.

Auf einmal ging ein Ruck durch seinen Körper, und er drückte sich nach oben. Dabei zog er den Gürtel seines Bademantels auf.

Nein, nein, nein, was machst du denn da? Bitte lass ihn zu, flehte ich. Aber ich war unfähig, meinen Blick abzuwenden.

Die beiden Enden des Gürtels fielen herunter, der Bademantel öffnete sich. Er zog ihn sich ein wenig ungelenk von den Schultern und band sich ein Handtuch um die schmalen Hüften.

Als er den Ruheraum schon längst verlassen und in Richtung der Saunen gegangen war, saß ich immer noch reglos da. Sein linker Arm mochte vielleicht immer noch ein wenig lädiert sein, aber die anderen Regionen seines Körpers schienen alle absolut in Ordnung.

11. KAPITEL

Wie es aussah, war Hans-Jürgen Heiligenbrunner ohne Begleitung angereist. Auch beim Abendessen hatte er keine Gesellschaft.

Welcher Mann geht denn allein in ein Wellnesshotel?, fragte ich mich pikiert. Und dann auch noch über die Weihnachtsfeiertage!

Ich beobachtete ihn noch eine ganze Weile, bis ich mir ein Herz fasste und mit forschem Schritt auf ihn zusteuerte. Im Wellnessbereich hatte ich es mich nicht getraut, ihn anzusprechen. Nun, vollkommen bekleidet und nach zwei Cocktails an der Bar, fühlte ich mich für die Begegnung gewappnet. Na ja, zumindest so gewappnet, wie man sich fühlen konnte, wenn man kurz zuvor das beste Stück seines Gegenübers gesehen hatte. Bevor ich es mir anders überlegen konnte, setzte ich mich in Bewegung. Schwungvoll lief ich an ihm vorbei, um dann jäh stehenzubleiben und mich umzudrehen.

»Nein!«, rief ich so laut, dass die beiden Damen mit den Kaschmirjäckchen am Tisch neben ihm die dauergewellten Köpfe hoben. »Das gibt es doch nicht!«

Auch er löste seine Aufmerksamkeit von dem Steak vor ihm auf dem Teller und schaute auf. Ein paar Augenblicke musterte er mich verblüfft, dann verfinsterten sich seine Züge. Aber das war ich ja bereits gewöhnt …

»Hans-Jürgen Heiligenbrunner!«, fuhr ich unbeirrt mit aufgesetzter Fröhlichkeit fort. »Ich kann gar nicht glauben, dass Sie auch hier sind.«

»Mark Heiligenbrunner.« Er schaute sich nervös um, als hätte er Angst, mit mir zusammen gesehen zu werden.

»Wie bitte?«

»Ich heiße Mark«, sagte er unwirsch. »Hans-Jürgen ist der Vorname meines Vaters.«

Und wenn schon! Es waren beides keine schönen Namen. Jürgen reimte sich auf würgen und Mark … Die Markklößchen, die die Köchin meiner Eltern sonntags immer zur Suppe reichte, hatte ich als Kind gehasst. Aber zumindest wusste ich jetzt, warum die Rezeptionistin behauptet hatte, er sei nicht im Hotel abgestiegen.

»Gut, dann also Mark«, flötete ich. »Erinnern Sie sich noch an mich? Ich bin Elisa Bergmann, und Sie haben am Samstag eine Taube aus dem Kamin meiner Buchhandlung geholt.« Ich setzte ein strahlendes Lächeln auf und trat auf ihn zu. »Ist das nicht ein unglaublicher Zufall, dass wir im gleichen Hotel Urlaub machen?«

»Ja, unglaublich!« Er wandte sich wieder seinem Steak mit Bratkartoffeln zu.

Ich hätte mir ein Kleid mit einem tieferen Ausschnitt anziehen und die Haare blond färben sollen, so wie Rosalie, dachte ich säuerlich. Doch ich war nicht so weit gefahren, um jetzt aufzugeben.

»Wie geht es Ihrem Arm?«, fragte ich ihn im mitfühlendsten Tonfall, zu dem ich mich in der Lage sah.

»Besser«, entgegnete er knapp.

»Das ist gut. Ich habe mir große Sorgen um Sie gemacht.«

»Das ist mir nicht entgangen.«

Und mir entging die Ironie in seiner Stimme nicht.

»Es ist aber so«, erklärte ich steif. »Ich … ich … es fällt mir schwer, meine Gefühle zu zeigen.« Als Mann sollte ihm diese Problematik bekannt sein. »Auf jeden Fall möchte ich nun die Gelegenheit ergreifen, mich für alles, was Sie wegen mir auf sich nehmen mussten, von ganzem Herzen zu entschuldigen.«

»Das haben Sie bereits getan.« Er steckte sich das letzte Stück seines Steaks in den Mund.

Hatte ich? »Auch von ganzem Herzen?«

Ich sah, wie sich sein Brustkorb hob und wieder senkte. »An den genauen Wortlaut kann ich mich nicht mehr erinnern, aber so etwas in der Art sagten Sie bestimmt.«

Oh! Und wieso dann meine Pechsträhne? Was erwartete das Schicksal – oder was auch immer – denn sonst noch von mir? Musste ich vor ihm zu Boden kriechen oder eine Nacht im Büßergewand vor seinem Fenster im Schnee ausharren?

»Haben Sie eigentlich heute schon in Ihrer Firma angerufen?«, fragte ich beiläufig, um herauszufinden, ob seine Sekretärin ihm von meinem Besuch erzählt hatte.

Nun hatte ich seine volle Aufmerksamkeit. Er ließ sein Besteck sinken und sah mich an. »Wieso?«, fragte er misstrauisch.

Anscheinend nicht. Warum reagierte er nur so mürrisch auf mich? Gut, ich hatte ihm einen Besen gegen den Kopf geschlagen, aber er hatte doch gesehen, dass ich das nicht absichtlich getan hatte! Außerdem war er mir gegenüber bereits vorher so negativ eingestellt gewesen. Ich musste ihn irgendwie davon überzeugen, dass ich trotz unseres schlechten Starts und meiner versehentlichen Attacke äußerst liebenswürdig war. Und pazifistisch!

»Nur so«, sagte ich vage, »es gibt ja Menschen, denen fällt es schwer, im Urlaub abzuschalten.«

»Mir nicht. Wenn ich also weiteressen dürfte …«

»Selbstverständlich. Haben Sie etwas dagegen, wenn ich Ihnen Gesellschaft leiste?«

Er zögerte kurz, dann legte er sein Besteck auf den Teller. »Nein.«

Ein Mindestmaß an gutem Benehmen besaß er also.

»Ich bin sowieso fertig.« Er stand auf.

Oder auch nicht!

»Aber möchten Sie denn gar keinen Nachtisch?«, protestierte ich.

»Ich esse nichts Süßes.«

Schade, denn sonst wärst du vielleicht nicht so unterzuckert!

»Wie bitte?«, fragte er.

Hatte ich das etwa laut gesagt? »Ich meinte, ich liebe Zucker. Und Sie essen wirklich gar nichts Süßes?«

»Schwarzwälder Kirschtorte. Einen schönen Abend noch.«

Seufzend blickte ich seinem breiten Rücken nach. Hätte ich mir mein Karma nicht mit jemand Entgegenkommenderem verderben können? Wie sollte ich diesem Mann etwas Gutes tun, wenn er mir gar keine Gelegenheit dazu ließ?

Ich ging in die Hotellobby und rief Nina an, um sie auf den neuesten Stand zu bringen.

»Ich bin gerade in deiner Wohnung«, begrüßte sie mich.

»Und du staubsaugst?« Zumindest wusste ich nicht, wie ich das Brummen, durch das ich sie kaum verstehen konnte, anders deuten sollte. »Das musst du nicht. Es reicht, wenn du dich um Carla kümmerst.«

»Ich staubsauge nicht wirklich. Ich schiebe den Staubsauger lediglich vor mir her. – Diese blöde Katze!«, schimpfte sie. »Ja, genau, du, ich spreche von dir. Ich weiß schon, warum ich einen Hund habe.«

»Was ist mit Carla?«

»Das Vieh denkt wohl, es ist ein Wachhund. Sobald ich die Wohnung betrete, springt sie mir ans Bein und attackiert mich. Ohne einen Besen oder den Staubsauger vor mir kann ich keinen Schritt machen, ohne ihre Krallen zu spüren zu bekommen. Ich sollte sie verhungern lassen.«

»Du weißt ja, sie hatte es früher nicht leicht«, sagte ich zerknirscht.

»Ich habe es gerade auch nicht leicht. Ksch, ksch. Ich will doch nur an deinen Futternapf, du Satansbraten! – Zum Glück habe ich Puck im Auto gelassen. Diese Bestie hätte den armen Kerl zerfleischt. Außerdem hat sie sich in deine Krippe übergeben. Und in deine roten Samtpumps. Das kannst du selbst wegmachen, wenn du wieder da bist. Apropos, wann kommst du zurück?«

»Dieser Heiligenbrunner ist eine härtere Nuss, als ich gedacht habe. Entschuldigt hatte ich mich laut seiner Aussage schon bei ihm. Was soll ich denn noch machen, um mich von meiner Schuld zu befreien?«

»Ich denke ja immer noch, dass du dir diese Pechsträhne nur einbildest.«

»Hatten wir diesen Punkt nicht bereits abgehakt?«

»Gut.« Nina seufzte. »Lass mich kurz überlegen. Was könntest du tun …?« Ein paar Sekunden herrschte, abgesehen vom Brummen des Staubsaugers, Stille am anderen Ende der Leitung. »Gibt es irgendetwas, mit dem du ihm eine Freude machen könntest?«

»Was weiß ich. Ich kenne ihn schließlich überhaupt nicht.«

»Dann finde es heraus!«

Finde es heraus!, äffte ich meine Schwägerin nach, nachdem wir unser Gespräch beendet hatten. Nina hatte leicht reden. Wie sollte ich das denn herausfinden, wenn Heiligenbrunner die Flucht ergriff, sobald ich mich ihm näherte?

Nach diesem frustrierenden Erlebnis brauchte ich dringend etwas Süßes. Ich ging ins Restaurant zurück, um endlich zu essen. Heute Abend würde ich ausnahmsweise mit dem Dessert anfangen, beschloss ich, und als ich an den endlos langen Kuchenreihen vorbeiging und sich nicht das kleinste Stück Schwarzwälder Kirschtorte darunter befand, hatte ich eine Idee.

Am nächsten Morgen stand ich früh auf, um Heiligenbrunner beim Frühstück abzupassen. Ich hatte in dem Boxspring-Bett phantastisch geschlafen, ich hatte phantastisch gegessen (War es denn zu fassen, dass sogar zum Frühstück zwanzig verschiedene Käsesorten aufgetischt wurden?), und seit ich gestern meinen Ausstieg verpasst hatte, war mir kein Missgeschick mehr passiert. Ich war guter Dinge, dass ich mich in wenigen Stunden auf den Weg zum Bahnhof machen und meine Pechsträhne endgültig für beendet erklären konnte.

Ich musste nicht lange warten. Bereits gegen acht Uhr schlenderte Heiligenbrunner in legeren Jeans und einem grobgestrickten cremefarbenen Wollpullover in den Frühstückssaal. Obwohl er doch garantiert auch ein Boxspring-Bett in seinem Zimmer stehen hatte, sah er nicht erholter aus als am Tag zuvor. Dunkle Schatten lagen nicht nur auf seinen unrasierten Wangen, sondern auch unter seinen Augen. Sehr gut, dann würde ihn ein Stück seiner Lieblingstorte hoffentlich aufheitern.

Ich suchte mit meinem Blick den Ober und gab ihm ein unauffälliges Zeichen. Er nickte und verschwand in der Küche. Der Chefkoch, bei dem ich die Schwarzwälder Kirschtorte gestern Abend bestellt hatte, hatte mich – wie ich es so oft in den letzten Tagen erlebt hatte! – angeschaut, als hätte ich nicht alle Tassen im Schrank, als ich darum gebeten hatte, sie nicht zu mir an den Tisch, sondern für alle zugänglich ans Buffet stellen zu lassen. Ich hätte sie natürlich auch einfach direkt zu Heiligenbrunner bringen lassen können, aber dann würde er sich erkundigen, woher sie kam, und das wiederum würde unangenehme Fragen nach sich ziehen. Gutes konnte man schließlich auch im Stillen tun.

Mit einer Kanne Kaffee setzte sich Heiligenbrunner an einen Tisch. Er sah nicht aus, als ob er vorhätte, so schnell wieder aufzustehen. Beunruhigt nagte ich an meiner Melonenscheibe. Wollte er denn gar nichts essen?

Der Ober marschierte an mir vorbei und hob den Daumen. Die Torte stand.

Jetzt musste Heiligenbrunner sie nur noch sehen. *Steh auf und geh zum Buffet*, beschwor ich ihn, als ich beobachtete, wie sich ein älterer Herr im Trachtenanzug der Torte näherte und sich ein großes Stück auf den Teller schaufelte. Heiligenbrunner dagegen blieb stoisch sitzen und schlürfte weiter seinen Kaffee.

Zwar hätte ich es mir etwas subtiler gewünscht, aber ich musste tätig werden. Ich rief eine Bedienung zu mir heran.

»Der Herr dort drüben«, ich zeigte auf Heiligenbrunner, »er möchte gerne ein Stück Schwarzwälder Kirschtorte. Wären Sie so lieb, ihm eins anzubieten?«

»Sind Sie sicher?«, fragte das junge Mädchen, das bestimmt noch keine achtzehn war, skeptisch.

»Ganz sicher!«

Angespannt beobachtete ich, wie sie zum Buffet ging und kurz darauf mit einem üppigen Stück Torte zu Heiligenbrunner an den Tisch trat.

Die Bedienung stellte den Teller vor ihn, und seine Augen wurden groß.

Wie gebannt hing mein Blick an der Kuchengabel. *Nimm sie schon in die Hand! Und wehe, die Torte schmeckt dir nicht! Sie hat mich 150 Euro gekostet.*

Er nahm gleich den ganzen Teller. Und gab ihn dem Mädchen zurück.

Ich sah, wie sich seine Lippen bewegten. Die Lippen des Mädchens bewegten sich auch. Dann zeigte sie auf mich. Ich suchte nach etwas, hinter dem ich mich verstecken konnte, das Adventsgesteck war definitiv zu klein dafür, aber es war sowieso schon zu spät. Heiligenbrunner hatte mich entdeckt und blickte mir direkt in die Augen.

Ich zwang meine Mundwinkel, sich nach oben zu biegen, und hob meine Kaffeetasse, als würde ich ihm zuprosten.

Mit einer abrupten Bewegung schob er seinen Stuhl zurück, stand auf und kam auf mich zu.

»Was soll das?«, fuhr er mich an.

»Was soll was?«, fragte ich harmlos.

»Wieso lassen Sie mir ein Stück Torte an den Tisch bringen?«

»Ich dachte, Sie freuen sich. Gestern beim Abendessen haben Sie gesagt, dass Sie Schwarzwälder Kirschtorte lieben. War das etwa gelogen?« Ich mischte einen vorwurfsvollen Unterton in meine Stimme.

»Nein, aber ich habe heute Morgen mit meiner Sekretärin telefoniert. Sie sagt, dass Sie im Büro waren und sich nach mir erkundigt haben.«

Ups. »Ich dachte mir gleich, dass Sie jemand sind, der nicht abschalten kann«, ging ich in Angriffshaltung. »Kein Wunder, dass Sie so angespannt wirken.«

»Sie sind mir gefolgt«, sagte er vorwurfsvoll und ohne auf meinen Einwand einzugehen.

»Darf ich Ihnen vielleicht eine Massage spendieren?«

»Sie sind verrückt. Total verrückt!« Kopfschüttelnd verließ er den Frühstückssaal.

12. KAPITEL

Erst in der Lobby erwischte ich ihn.

Ich packte ihn am Ärmel seines Wollpullovers, und als er zu mir herumfuhr, blitzten seine blauen Augen wütend auf.

»Bevor Sie jetzt irgendetwas sagen, hören Sie mir bitte zu!«, beschwor ich ihn, weil er den Mund bereits geöffnet hatte. »Ich kann Ihnen alles erklären!«

»Da bin ich aber gespannt«, erwiderte er zynisch.

»Ich weiß gar nicht, wo ich anfangen soll. Können wir uns setzen?«

»Sie geben ja sonst eh keine Ruhe.« Er folgte mir sichtlich widerwillig zu einem der mit Fell bezogenen Holzstühle.

Ich beschloss, nicht lange drum herumzureden. »An dem Abend, als Sie bei uns im Buchladen waren, war ich auf einer Scheidungsparty eingeladen …«

»Im Ernst? Wer kommt denn auf die Idee, seine Scheidung zu feiern?« Heiligenbrunner klang gequält.

»Meine Kollegin Elke. Das ist die Frau mit den gehäkelten Erdbeerohrringen, die sich am Wochenende mit Handschellen an den Kamin gefesselt hatte.« Diese Information erstickte alle weiteren Nachfragen im Keim, und ich konnte fortfahren: »Elke hatte für diese Party eine Wahrsagerin gebucht. Frau Elvira. Sie hat die Farbe unserer Auren bestimmt und allen Mädels aus Elkes Strickclub eine leuchtende Zukunft prophezeit. Nur mir nicht.« Ich senkte meine Stimme. »Sie meinte, meine Aura sei verbeult.«

Er stieß ein seltsames Geräusch aus. Erst dachte ich, dass er hustete, dann erkannte ich, dass er lachte. Aus seinem Mund klang das äußerst ungewohnt.

»Das ist nicht lustig«, sagte ich eisig.

»Entschuldigen Sie«, sagte er, aber der belustigte Gesichtsausdruck blieb. »Sie hat wirklich gesagt, dass Ihre Aura verbeult ist?«

»Ja. Und dass sie schwarz ist. Tiefschwarz!« Ich sah ihn bedeutungsvoll an. »Die Wahrsagerin meinte, dass das Pech bedeutet. Furchtbares Pech.« Ich imitierte ihren sächsischen Akzent: » Dieses Weibsstück hat jemandem großes Leid zugeführt – und solange se sisch nischt von dor Schuld befreit, bleibts in ihrem Lähm zabbnduhsdor.«

Da war er wieder, dieser seltsame Ton, der aus seinem Mund drang und wohl ein Lachen darstellte. Wenn er endlich anfing zu kooperieren, war es mir aber egal.

»Und sie hat mit ihrer Prophezeiung recht«, jammerte ich. Die Mitleidsnummer funktionierte ja bei Männern gemeinhin ganz gut. »Seitdem geht nämlich in meinem Leben alles schief.« Ich zählte Heiligenbrunner auf, was mir in letzter Zeit alles zugestoßen war. Nur die Sache mit dem Ärztesong ließ ich aus. Sie erschien mir zu albern. Trotzdem würde er nun doch gar nicht mehr umhinkommen einzusehen, dass sein Sturz und die Prellung eine Lappalie waren gegen das, was ich seit letzten Samstag alles erduldet hatte. »Jetzt wissen Sie, warum es so dringend nötig ist, dass ich mich von der Schuld befreie, die ich Ihretwegen auf mich geladen habe«, beendete ich meine Ausführungen. »Also, was kann ich Ihnen Gutes tun? Über was würden Sie sich freuen?« Ich sah ihn erwartungsvoll an.

Heiligenbrunner überlegte nur ungefähr eine Sekunde: »Sie könnten mich in Ruhe lassen. Das würde mich freuen.«

»Aber ich habe Sie doch bis gestern in Ruhe gelassen«, stieß ich verzweifelt aus. »Und es hat überhaupt nichts genutzt.« Ich zählte noch einmal alles auf, was mir in den vergangenen Tagen alles passiert war. Als ich an der Stelle ankam, wie Leo Geschenk spielen wollte und sich auf den Hebel des Tannenbaumständers gesetzt hatte, hob er die Hand.

»Gut! Ich habe verstanden. Wenn es unbedingt sein muss … Ich würde mich über eine Massage freuen.«

»Echt?« Ich spürte, wie meine Schultern nach unten sackten. Ich hatte gar nicht gemerkt, dass ich sie hochgezogen hatte. »Das ist ja wunderbar!« Und so unkompliziert. Männer waren doch einfach gestrickte Wesen. Apropos Strick … Mir fiel ein, dass ich mich dringend bei Elke erkundigen musste, wie es im Laden lief. Doch zunächst musste ich mich auf meine Mission konzentrieren. »Welche Massage möchten Sie?«, fragte ich Heiligenbrunner eifrig.

»Ich verstehe nicht …«

»Es gibt verschiedene Arten von Massagen«, erklärte ich. »Aromatherapie, Hot Stone, Lomi Lomi …«

»Eine ohne viel Schnickschnack. Und ohne komische Düfte …«

Männlich-puristisch also. Das sollte kein Problem sein.

»Wann haben Sie Zeit?«

»Jetzt gleich oder nach zwei. Dazwischen habe ich mich zu einer Langlauftour angemeldet. Am liebsten wäre mir aber jetzt gleich.« Je schneller ich es hinter mir habe, desto besser, sagte sein Blick.

»Kommen Sie mit!«

Während er vor der Glasscheibe wartete, hinter der sich der La Biostethique Hair Spa des Zürserhofs befand, ließ ich mich von der gepflegten Rezeptionistin mit der makellosen Haut und den großen braunen Augen beraten.

»In diesem Fall wäre eine klassische Massage zu empfehlen«, sagte sie. »Oder unsere Bier-Wellness. Die wird von unseren Herren besonders gerne gebucht.«

Bier-Wellness! Also, wenn sich das nicht schnörkellos männlich anhörte, dann wusste ich auch nicht weiter.

»Um wie viel Uhr haben Sie einen Termin frei?«, erkundigte ich mich. »Je eher, desto besser.« Nicht nur Heiligenbrunner wollte die ganze Sache hinter sich bringen. Um spätestens zwölf Uhr musste ich auschecken. Denn kurz darauf ging der Zug, der mich hoffentlich pünktlich und ohne Komplikationen zum Weihnachtsabend nach München bringen würde.

»Wenn Ihr Mann spontan ist, können wir gleich anfangen. Nach dem Frühstück ist es meist noch ruhig bei uns. Der nächste Termin ist dann erst wieder heute Abend um halb acht frei. Oder morgen …«

Ich sagte ihr, dass mein Mann sehr spontan sei und den Termin in einer Viertelstunde mit Freuden annehmen würde. »Wie lange dauert denn diese Bier-Wellness?«

»Anderthalb Stunden.«

So lange musste ich warten, bis ich wusste, ob ich ihm etwas Gutes getan hatte und endlich verschwinden konnte?

»Haben Sie parallel zur Massage meines Mannes zufälligerweise auch einen Termin für mich frei?«

Die Rezeptionistin des Spa-Bereichs schaute auf ihren Monitor. »Das kommt darauf an, welche Behandlung Sie möchten.«

Ich blätterte die Wellnessangebote durch. Die Schokoladenmassage hörte sich gut an. Und die Hawaiianische Tempelmassage. Aber vermutlich würde ich mich sowieso nicht entspannen können. Ich brauchte etwas, was mich ablenkte und verhinderte, dass ich meine Gedanken schweifen ließ. Etwas wie eine Fußreflexzonenmassage – die taten höllisch weh! – oder …

»Ich hätte gerne das Waxing.«

»Oberschenkel, Unterschenkel, Achsel, Bikini, komplett?«, ratterte die Frau herunter.

»Komplett.« Momentan machte meine Haut jedem Igel Konkurrenz, außerdem würde diese Tortur den Buße-Prozess, den ich zu leisten hatte, bestimmt noch unterstützen.

»Sie können gleich in unseren Raum eins gehen, Ihr Mann ist in der Vier. Ich sage den Kolleginnen Bescheid.« Sie stand auf.

»Die Masseurin kann sofort anfangen«, teilte ich Heiligenbrunner mit.

»Sofort?« Er runzelte die Stirn. »Bin ich dazu überhaupt richtig angezogen? Gibt es etwas, das ich beachten muss? Ich war noch nie zur Massage.«

Er buchte ein sündhaft teures Wellnesshotel und ging niemals zur Massage? Dieser Mann war wirklich seltsam.

»Ja, sofort. Ich fahre heute Mittag wieder nach Hause. Und zu beachten gibt es nichts. Der Raum Nummer eins ist Ihrer. Die Masseurin kommt gleich. Ziehen Sie sich einfach aus und legen Sie sich mit dem Bauch auf die Liege.«

»Ganz?« Er klang beunruhigt.

»Natürlich ganz. Wenn Sie nett nachfragen, stellt Ihnen die Masseurin vielleicht auch einen Papiertanga zur Verfügung.« Ich grinste. Aber weil er mich so entsetzt ansah, dass ich schon befürchtete, er würde einen Rückzieher machen, setzte ich nach: »Das war ein Scherz. Sie können Ihren Slip anlassen.« Zumindest hoffte ich das. Er sollte sich nicht so anstellen. Gestern im Ruheraum hatte er schließlich auch kein Problem mit Nacktheit gehabt.

Ich wartete, bis er in seinem Raum verschwunden war, und schlenderte dann in meinen. Als ich gerade überlegte, ob ich mich auch schon ausziehen sollte, kam die Kosmetikerin herein. Sie war klein und zierlich, und man sah ihrer faltigen Haut an, dass sie regelmäßig ins Solarium ging. Ihr dicker Zopf reichte ihr fast bis zum Po. In der Hand hielt sie ein Tablett, auf der ein Glas Bier, ein Teller mit einer Scheibe Brot und ein Schälchen Butter standen.

»Eine kleine Stärkung zur Einstimmung.« Sie zwinkerte mir zu. »Während Sie essen, bereite ich das Peeling vor. Damit beginnen wir, um die Haut optimal auf die darauffolgende Behandlung vorzubereiten.«

Nach meinem ausgiebigen Frühstück hatte ich eigentlich noch gar keinen Hunger, und ein Bier so früh am Morgen wäre wirklich nicht nötig gewesen, aber ich wollte nicht unhöflich sein. Ein Peeling vor einem Waxing hatte ich bisher noch nie gehabt. Bei meinen bisherigen Besuchen im Enthaarungsstudio hatte die Kosmetikerin immer ohne groß herumzutun die Wachsstreifen aufgewärmt, sie mir auf die Haut geklatscht und sie dann abgezogen. Diese sanfte Vorbereitung musste der Fünf-Sterne-Plus-Hotel-Zusatz sein.

Nachdem ich das Bier getrunken und das Butterbrot verspeist hatte, legte ich mich auf die Liege, und die Kosmetikerin begann damit, eine körnige Masse in meine Haut zu massieren. Sie prickelte angenehm. Was mich allerdings ein wenig irritierte, war der Geruch.

Als ich aus der Dusche kam – ich musste das Peeling herunterspülen –, stand schon wieder ein Bier auf dem Tisch. Dieses Mal ein Weizen.

»Nein, danke«, lehnte ich ab. So gern mochte ich Bier nun auch wieder nicht, dass ich es am frühen Morgen literweise konsumieren konnte. Außerdem war mir bereits das erste ein klein wenig zu Kopf gestiegen.

Die Kosmetikerin musterte mich skeptisch. Dass Gäste etwas, das sie umsonst bekamen, zurückgehen ließen, war also nicht üblich.

Ich legte mich wieder auf die Massagebank, und die Frau strich meinen Körper mit dem Wachs ein. Zu meiner Überraschung war es nicht heiß. Oh nein, sie arbeiten hier mit Kaltwachs, stöhnte ich innerlich auf. Das tat erfahrungsgemäß noch mehr weh. Und schon wieder bildete ich mir ein, einen penetranten Hopfengeruch wahrzunehmen. Mit Bier ging man in diesem Hotel ja äußerst großzügig um.

Ich wappnete mich gegen die furchtbaren Schmerzen, die ich gleich erleiden würde, wenn die Haare an ihren Wurzeln ausgerissen wurden. Doch die blieben aus, und die Kosmetikerin fuhr fort, meine Haut mit dem Wachs einzustreichen. Als sich fünf Minuten später immer noch jedes einzelne Haar an seinem Platz befand, beschloss ich nachzuhaken.

Ich räusperte mich: »Ich hoffe, Sie sind mir nicht böse, und ich genieße Ihre Behandlung wirklich sehr, aber … wann wollen Sie denn anfangen mich zu enthaaren?«

»Wieso enthaaren?«, hörte ich die Frau verblüfft sagen. »Sie haben doch die Bier-Wellness gebucht.«

Die Bier-Wellness! Oh! Trotz der kuschligen Wärme im Raum wurde mir auf einmal kalt, und ein furchtbarer Gedanke drängte sich an die Oberfläche. Wenn ich gerade die Bier-Wellness bekam, was bekam dann Mark Heiligenbrunner?

Ohne auf die Proteste der Kosmetikerin zu achten, hüllte ich mich in ein Handtuch und lief zur Rezeption. Sie war nicht besetzt, aber eine hübsche Farbige, mit langen Dreadlocks und noch längeren Beinen, sortierte gerade ein paar Cremes in die Fächer unter den Vitrinen ein.

»Haben Sie einen Mann mit dunklen Haaren gesehen? Etwa so groß?«, keuchte ich und zeigte mit der Hand etwa fünfzehn Zentimeter über meinen Kopf.

»Ja«, sagte sie peinlich berührt. »Er war bei mir zum Waxing, aber er war nicht zufrieden, sondern ist mitten in der Behandlung aufgesprungen und gegangen.«

Aaaah. Ich schlug die Hände vors Gesicht.

13. KAPITEL

Die Rezeptionistin – dieselbe, bei der ich gestern Abend eingecheckt hatte – teilte mir mit, dass Heiligenbrunner nicht auf seinem Zimmer war. Auch im Hotel fand ich ihn nirgendwo. Als ich schon aufgeben wollte, fiel mein Blick auf den Tisch, auf dem die Listen mit den Sportangeboten lagen. Hatte Heiligenbrunner nicht eine Langlauftour erwähnt?

Ich überflog sie. Tatsächlich! Mark Heiligenbrunner hatte sich eingetragen. Treffpunkt war elf Uhr vor dem Hotel. Von dort würden die Teilnehmer mit dem Hotelbus zu einer Loipe gefahren werden. Allerdings war es fraglich, ob ich ihn treffen würde. Die Tour fand ab zwei Personen statt, und bis jetzt stand er als Einziger auf der Liste. Wie ärgerlich! Vielleicht hatte er sich schon seit Tagen darauf gefreut. Spontan schrieb ich meinen Namen darunter.

Um Punkt elf trat ich fertig angezogen aus dem Hotel. Wohlweislich hatte ich Skikleidung eingepackt, um für alle Eventualitäten gerüstet zu sein. In meinem speziellen Fall wäre es nämlich nicht auszuschließen gewesen, dass der Zug auf einem einsamen Streckenabschnitt plötzlich stehenblieb und ich die Nacht in meinem Abteil verbringen musste. Oder dass im ganzen Hotel die Heizung ausfiel.

Ich stellte mich neben Heiligenbrunner, um auf den Shuttlebus zu warten, der uns zu der Loipe im Tal bringen sollte. Er trug eine schmal geschnittene azurblaue Jacke und enge schwarze Hosen, die keinen Zweifel daran ließen, dass ich mir seinen ausgezeichneten körperlichen Zustand gestern im Ruheraum nicht nur eingebildet hatte. Eine Mütze, die den gleichen Farbton hatte wie seine Jacke, bedeckte seine dunklen Haare.

»Fanden Sie es lustig, eine Haarentfernung für mich zu buchen?«, fragte er, ohne mich dabei anzusehen. Seine Stimme als unterkühlt zu bezeichnen, wäre untertrieben.

»Nein, natürlich nicht«, stotterte ich. »Ich wollte Ihnen doch etwas Gutes tun. Wegen meines Karmas ... Ich hatte Ihnen eine Bier-Wellness gebucht, aber ...«, beschämt schlug ich die Augen nieder, »ich habe wohl die Raumnummer verwechselt.«

»Dann war die Ganzkörperhaarentfernung also für Sie gedacht?« Bildete ich es mir ein, oder hatte sein rechter Mundwinkel kurz gezuckt? Zu ärgerlich, dass er eine verspiegelte Sonnenbrille trug und ich seinen Blick nicht sehen konnte.

»Ähm, ja ...«, gab ich zu. Wenn ich das Prickeln auf meiner Haut richtig interpretierte, hatte mein Teint eine ungesunde tiefrote Farbe angenommen. Warum hatte ich nicht die Fußreflexzonenmassage gebucht? »Ich habe mir auch schon überlegt, wie ich es wieder gutmachen kann.«

»Das ist nicht nötig«, kam es wie aus der Pistole geschossen. »Der gute Wille zählt.«

»Ich habe mich für die Langlauftour eingetragen«, fuhr ich unbeirrt fort. »Da Sie vorher allein auf der Liste standen, hätte sie ohne mich gar nicht stattgefunden.«

»Mittlerweile haben sich noch weitere Teilnehmer gefunden.« Er zeigte auf ein junges Pärchen, das ein paar Meter entfernt von uns verliebt miteinander turtelte.

Ich warf den beiden einen giftigen Blick zu. Hätten die zwei nicht im Bett bleiben können?

»Sie müssen also nicht mitfahren«, sagte Heiligenbrunner. »Zwölf Kilometer sind für einen Anfänger schließlich keine Kleinigkeit!«

Zwölf Kilometer! Wo hatte das gestanden? Mehr noch als diese Strecke ärgerte mich jedoch sein gönnerhafter Tonfall. Und wie kam er darauf, dass ich Anfänger war?

Zwar hatte ich noch nie auf Langlaufskiern gestanden, aber Alpinski fuhr ich, seit ich drei war, und als Teenager war ich sogar eine ganze Zeitlang in einem Skiclub gewesen. So schwer konnte das doch gar nicht sein! Ich würde trotzdem mitfahren. Bis zur Abfahrt des Zuges hatte ich noch etwas Zeit. Und vielleicht ergab sich während der Tour ja noch die Möglichkeit, Heiligenbrunner einen Gefallen zu tun.

»Skating oder klassisch?«, fragte mich der hippe junge Kerl mit Kapuzenpullover und Dreitagebart. Obwohl er im Skiverleih stand und nicht im Freien, trug er eine graue Beanie-Mütze auf seinen Locken.

»Was?«, fragte ich verwirrt.

»Ich muss wissen, ob Sie klassisch fahren oder skaten«, wiederholte er geduldig.

»Warum?«

»Weil Sie dazu unterschiedliche Skier brauchen.«

»Ach so! Was ist denn leichter?« Weil das Pärchen gerade von seinem Kollegen bedient wurde und direkt neben mir stand, beugte ich mich weit zu ihm vor. »Ich bin nämlich noch nie Langlauf gefahren.«

»Dann würde ich mit klassisch anfangen. Ist wie gehen.»

Sehr gut. Seine Frage hatte mich kurzzeitig verunsichert, nun fühlte ich mich wieder selbstbewusster. Denn wenn ich etwas konnte, dann gehen. Laufen wäre schon etwas kritischer geworden. Wegen der vielen Arbeit im Buchladen war ich derzeit nicht besonders gut in Form.

Mit den Langlaufskiern in der Hand gesellte ich mich zu meiner Gruppe. Heiligenbrunner und der Guide standen bereits auf den Skiern, von ihnen konnte ich mir also nicht abgucken, wie man sie anzog. Ich beobachtete das Pärchen und hakte die Spitze meines Schuhs genauso ein, wie sie es taten. Das war einfach! Und die Schuhe waren zwar eng, aber weich und viel bequemer als meine Alpinski-Stiefel. Sorgen machten mir allerdings die Skier, denn sie waren kaum breiter als eine Streichholzschachtel.

»Seid ihr startklar?«, fragte der Guide.

Alle nickten. Auch ich. Vorsichtig setzte ich mich in Bewegung.

Die Dinger haben ja gar keine Kanten, dachte ich überrascht, als sie auch schon unter meinen Füßen wegglitten und ich mit dem Hintern in den Schnee fiel.

»Alles in Ordnung?« Der Guide schlüpfte aus seinen Skiern und ging neben mir in die Hocke.

»Alles in Ordnung«, bestätigte ich. Ich rang mir ein Grinsen ab, das jedoch ziemlich verrutschte, und kam mit seiner Hilfe wieder nach oben.

»Ist wohl schon etwas her, dass Sie das letzte Mal gefahren sind?«, feixte Heiligenbrunner, und ich hätte ihm am liebsten den Skistock in die Wölbung in seiner Hose gerammt. Da diese Tat aber garantiert nicht dazu geeignet war, das Minus auf meinem Karma-Kontostand zu reduzieren, lächelte ich milde. »Ja, ein paar Jahre.«

Das verkrampfte Lächeln auf meinem Gesicht behielt ich auch nach dem zweiten Sturz bei, und nach dem dritten, dem vierten, dem fünften … Die Mienen meiner Mitfahrer dagegen wurden immer genervter. Erst nach dem siebten Sturz machte es auf einmal klick (*Langlaufen ist wie gehen, Elisa. Rechts, links, rechts, links!*), und von da an schaffte ich es zumindest, mich unfallfrei vorwärtszubewegen. Mit dem Tempo der anderen mithalten konnte ich jedoch nicht.

»Fahrt ihr nur vor«, rief ich dem Guide fröhlich zu, »ich komme nach. Verlaufen kann ich mich ja nicht. Es geht sowieso nur geradeaus, oder?«

Am liebsten hätte ich mich in den Schnee gesetzt und geweint. Doch vor Heiligenbrunner wollte ich mir diese Blöße nicht geben. Erleichtert beobachtete ich, wie seine blaue Jacke immer kleiner wurde und schließlich hinter einer schneebedeckten Kuppe verschwand. Kurz dachte ich darüber nach umzudrehen, aber ich war noch nie der Typ gewesen, der kampflos aufgab. Und tatsächlich klappte es besser, sobald ich nicht mehr unter permanenter Beobachtung stand. Ich spürte, wie meine Bewegungen fließender wurden, es fiel mir leichter, meine Arm- und Beinbewegungen miteinander zu koordinieren, und allmählich bekam ich eine Ahnung, warum das Langlaufen bei vielen Menschen so beliebt war. Zwar vermisste ich den Rausch der Geschwindigkeit, den ich beim Skifahren stets verspürte, aber dieses ruhige, gleichmäßige Gleiten hatte definitiv auch seinen Reiz. Selbst Kurven meisterte ich bald ohne Probleme, da ich erkannte, wann ich wie mein Gewicht verlagern musste. Ich hatte schon die Hoffnung, Heiligenbrunner und den Rest der Gruppe irgendwann wieder einzuholen, um ihnen stolz meine phänomenalen Fortschritte zu demonstrieren, als die Loipe direkt hinter einer Kurve auf einmal steil abfiel und gleich darauf genauso steil wieder anstieg.

Wie, um Himmels willen, kommt man mit diesen Dingern einen Berg hinauf?, dachte ich noch, und im nächsten Moment lag ich schon mit dem Gesicht im Schnee. In meinem Mund breitete sich ein metallischer Geschmack aus, und als ich den Kopf hob, sah ich, dass die weiße Schneedecke mit roten Flecken gesprenkelt war. Meine Nase blutete. Ich wischte sie mit dem

Handrücken ab und kühlte sie mit etwas Schnee. Ein Papiertaschentuch hatte ich nicht dabei.

Benommen stand ich auf. Bei dem Sturz hatte ich meine Skier verloren. Den einen konnte ich problemlos wieder anziehen, bei dem anderen gelang es mir nicht. Ein Stück der Bindung war abgebrochen, stellte ich bei näherer Betrachtung fest.

Tränen schossen mir in die Augen, und ich ließ mich zurück in den Schnee sinken, um mich hemmungslos meinem Selbstmitleid hinzugeben.

»Dachte ich es mir doch, dass Sie nicht weit kommen«, sagte eine Stimme, die mir mittlerweile wohl vertraut war.

14. KAPITEL

Ich hob den Kopf, und das Lächeln auf Heiligenbrunners Lippen verschwand.

Er schob seine Sonnenbrille auf seine Mütze. »Sie bluten ja«, sagte er betroffen.

»Ich habe geblutet.« Ich rappelte mich schwerfällig auf. »Jetzt ist wieder alles in Ordnung. Ich habe nur eine kleine Pause gebraucht.«

»Sie bluten immer noch«, beharrte er. Er zog aus der Tasche seiner Jacke ein zerknittertes Papiertaschentuch heraus und betrachtete es unentschlossen. Einen Moment befürchte ich, dass er darauf spucken und mir durchs Gesicht wischen würde, doch er gab es mir schweigend. Als ich so dicht neben ihm stand, fiel mir wieder einmal auf, wie groß dieser Mann war. Selbst ich, der ich nicht gerade eine Zwergin war, reichte ihm nur knapp über das Kinn. Ich blickte zu ihm auf, und schaute ihm direkt in die Augen. Sie waren so unfassbar blau. Himmelblau.

»Was ist himmelblau?«, fragte Heiligenbrunner.

Hatte ich etwa schon wieder laut gedacht?

»Der Himmel«, antwortete ich rasch.

Der Himmel war himmelblau?!

»Ich meinte natürlich die Beule auf ihrer Stirn«, korrigierte ich mich. »Sie wird langsam himmelblau. Ich hoffe, sie tut nicht mehr weh.«

Oh Gott! Wirklich besser war das auch nicht. Was redete ich nur für einen Unsinn! Ich bückte mich nach meinen Skiern, um ihn nicht ansehen zu müssen. Der Sturz schien bei mir doch mehr angerichtet zu haben als zunächst angenommen.

»Ihre Bindung ist kaputt«, stellte Heiligenbrunner fest. »So können Sie nicht mehr fahren.«

»Was Sie nicht sagen!«, sagte ich ärgerlich. »Und überhaupt, was machen Sie eigentlich hier? Sollten Sie nicht bei Ihrer Gruppe sein und elegant durchs Gelände gleiten?«

»Ich habe mir Sorgen um Sie gemacht. Sie wirkten nicht besonders … standfest.«

Er hatte sich Sorgen um mich gemacht! Hitze breitete sich in mir aus. Hoffentlich wurde ich nicht schon wieder rot. Aber selbst wenn, würde Heiligenbrunner es nicht sehen, stellte ich sogleich beruhigt fest. Er hielt den Kopf gesenkt und scharrte mit der Schuhspitze so intensiv im Schnee, als würde er darunter eine Goldader vermuten.

»Ich habe wohl den Unterschied zwischen Abfahrt- und Langlaufski ein klein wenig unterschätzt«, murmelte ich. »Alpin beherrsche ich nämlich wirklich gut«, fügte ich hinzu und ärgerte mich sofort darüber. Wie kindisch! Wen wollte ich damit beeindrucken?

»Lassen Sie uns zurückgehen!«, brummte Heiligenbrunner.

»Sie müssen nicht gehen«, bemerkte ich.

»Jetzt zicken Sie nicht herum.« Er schwang sich seine und meine Skier über die Schulter. Ich selbst hatte sie vorhin am Verleih als ziemlich schwer empfunden, bei Heiligenbrunner sah es so mühelos aus, als würde er zwei Zahnstocher hochheben. Schmerzen im Arm konnte er definitiv keine mehr haben.

Ich folgte ihm schniefend. Meine Hüfte tat bei jedem Schritt weh, und auch meine Nase schmerzte. Hoffentlich war sie nicht gebrochen. Ich zog mir den rechten Handschuh aus und betastete sie vorsichtig. Sie fühlte sich ein wenig matschig an, das Nasenbein schien aber intakt. Wenigstens etwas …

Nichts von all dem, was ich versucht hatte, um meine Pechsträhne loszuwerden, hat funktioniert, dachte ich frustriert. Und nun lief mir die Zeit davon. In zwei Stunden fuhr mein Zug.

»Nehmen Sie es sich nicht so zu Herzen!«, sagte Heiligenbrunner.

»Was?«

Er zögerte leicht. »Alles.«

»Sie haben gut reden. Sie sind ja nicht vom Pech verfolgt«, entgegnete ich patziger als beabsichtigt.

»Sie glauben doch nicht wirklich an den Schwachsinn, den Ihnen diese Wahrsagerin aufgetischt hat?«

»Was bleibt mir denn anderes übrig?«

»Woher wollen Sie überhaupt wissen, dass Ihre Pechsträhne ausgerechnet mit mir zusammenhängt? Ich werde doch nicht der einzige Mensch sein, der jemals unter Ihnen gelitten hat.« Jetzt zwinkerte er mir doch tatsächlich zu. Ich konnte es ihm aber auch nicht verübeln, dass er mich aufzog. Ich hatte früher ja selbst nicht an Wahrsagerei und solchen esoterischen Kram geglaubt. Freitag, der dreizehnte war für mich immer ein Tag wie jeder andere gewesen. Ich war unbeeindruckt unter Leitern durchgegangen. Bei Carla hätte ich besser zweimal darüber nachgedacht, ob ich sie wirklich aufnahm. Ich las ja noch nicht einmal Horoskope … Und die Existenz von Weihnachtsmann und Osterhase hatte ich zum Entsetzen meiner Grundschullehrerin bereits in der ersten Klasse vor all meinen Mitschülern widerlegt. Doch nach dem, was in letzter Zeit alles passiert war, schaffte ich es nicht, diese katastrophale Anhäufung von Pech als schnöden Zufall abzutun.

»Mein Pech hängt todsicher mit Ihnen zusammen«, erwiderte ich. »Die Worte der Wahrsagerin waren eindeutig.«

»Sie haben nicht erwähnt, dass mein Name auf der Scheidungsparty gefallen ist.«

Ich hatte keine Lust mehr auf diesen neckischen Wortwechsel. Auch wenn es guttat, mal nicht ständig von ihm angemeckert zu werden. »Das ist er auch nicht. Aber es ist trotzdem eindeutig. Ich habe eine schwarze Aura, hat die Wahrsagerin gesagt.«

Er hob die Augenbrauen.

»Jetzt tun Sie doch nicht so begriffsstutzig!«, fuhr ich ihn an. »Schwarz gleich Schornsteinfeger. Was gibt es denn daran nicht zu verstehen?«

Eine Antwort bekam ich nicht, denn Heiligenbrunner blieb so abrupt stehen, dass ich gegen ihn prallte. Sein ganzer Körper war angespannt. Wie ein Hirsch, der Witterung aufgenommen hat, stand er ganz still da und starrte nach vorne. Ich folgte seinem Blick.

Er war auf zwei Personen gerichtet, die uns entgegenkamen. Eine schlanke Frau mit langen blonden Haaren und einer glänzenden pastellblauen Jacke und ein ebenso blonder Mann, der einen großen Collie an der Leine führte.

Ich hörte ihn leise fluchen.

»Was ist?«, fragte ich.

»Da vorne kommt jemand, dem ich auf gar keinen Fall begegnen möchte.« Er sah sich suchend um, doch um uns herum war nur freie, schneebedeckte Wiese, und der Waldrand lag mindestens zweihundert Meter entfernt.

»Wir könnten einen Schneemann bauen«, schlug ich vor. Vielleicht bot mir das Schicksal doch noch eine Möglichkeit, ein paar Karma-Punkte zu sammeln.

»Hinter dem wir uns dann verstecken …«

»Sie brauchen sich gar nicht über mich lustig zu machen. Mir ist durchaus bewusst, dass das so schnell nicht geht. Aber zumindest würden Sie dieser Person, der sie nicht begegnen wollen, nicht direkt in die Arme laufen.«

»Auf welche Ideen Sie immer kommen …«

Ich hatte sogar noch eine bessere. »Alternativ könnten Sie sich auch in den Schnee legen und einen Schneeengel machen.«

»Bauen wir den Schneemann«, entschied er.

Heiligenbrunner legte die Langlaufskier ab, und wir liefen ein Stück in die Wiese. Dort häuften wir einen großen Haufen Schnee an und klopften ihn mit den Händen glatt. Ich linste über Heiligenbrunner hinweg zu den beiden Personen. Mit wem der beiden er wohl ein Problem hatte? Mit der Frau oder mit dem Mann? Nun waren die beiden etwa auf der gleichen Höhe wie wir. Die Frau blieb stehen. »Mark?«, sagte sie fragend.

Wie hatte sie ihn erkennen können? Er kauerte im Schnee, das Kinn auf der Brust, und ich stand breitbeinig vor ihm.

Heiligenbrunner erhob sich langsam.

»Deine Jacke kam mir gleich so bekannt vor, aber ich hätte nicht gedacht ...« Sie ließ den Satz unvollendet.

Er ging zögernd auf die Blondine zu, und ich folgte ihm.

»Ja, ich mache hier Urlaub«, sagte er, und es klang ein wenig trotzig.

»Ich ... also wir ... wir auch. In St. Anton. Das ist übrigens Lars«, stellte die Frau ihren Begleiter vor. Aus der Nähe betrachtet sah sie nicht so spektakulär aus, wie ich es aufgrund ihrer auffälligen Jacke und der wallenden blonden Mähne zunächst gedacht hatte. Sie wirkte durchschnittlich. Ihre Nase war ein bisschen zu lang. Den Mann dagegen fand ich sehr attraktiv in seiner olivgrünen Jacke mit dem Fellkragen, die einen ähnlichen Ton hatte wie seine Augen, und seinen kurzen hellen Haaren und dem leicht kantigen Gesicht. Er kam mir von irgendwoher bekannt vor.

Der gutaussehende Lars zögerte einen Moment, dann hielt er Heiligenbrunner die Hand hin. Doch anstatt sie zu ergreifen, tätschelte der dem Collie, der ihn interessiert beschnüffelte, den Kopf.

Peinlich berührt stieg ich von einem Fuß auf den anderen. Diese Situation war selbst für mich, die ich gar nicht involviert war, unangenehm.

Die Frau musterte mich intensiv, und unsere Blicke kreuzten sich. »Und Sie sind …?«, fragte sie freundlich.

Nachdem Heiligenbrunner keine Anstalten machte, mich vorzustellen, und nachdem weitere unbehagliche Sekunden verstrichen waren, antwortete ich: »Elisa Bergmann. Ich bin …« Auf einmal hatte ich einen Geistesblitz, »… Marks neue Freundin.«

»Warum haben Sie Nathalie gegenüber behauptet, dass Sie meine neue Freundin sind?«, fragte Heiligenbrunner wütend, nachdem wir uns von den beiden verabschiedet hatten.

»Was motzen Sie mich denn so an?«, ging ich zum Gegenangriff über. »Sie müssten mir dankbar sein. Das war doch Ihre Ex, oder? Haben Sie nicht gesehen, wie sie geschaut hat? Wir haben Sie eifersüchtig gemacht.«

»Haben Sie einen Spiegel dabei?«

»Nein, wieso?«

Er zog sein Handy aus der Jacke und machte ein Foto von mir.

»Was soll das denn?«

Wortlos hielt er mir das Display vor die Nase.

Oh! Meine Nase war unvorteilhaft angeschwollen und blutverkrustet. Außerdem zogen sich mehrere Kratzer über meine rechte Wange.

»Deshalb hat sie so geschaut«!, fuhr er mich an. »Und nicht, weil sie eifersüchtig ist. Sie sehen aus, als wären Sie in eine Prügelei geraten. Oder schlimmer noch … als ob ich Sie verprügelt hätte.«

»Warum haben Sie mir denn nicht gesagt, wie ich aussehe?«, fragte ich kleinlaut.

»Wann hätte ich das tun sollen? Als Sie heulend im Schnee saßen? Als Sie herumjammerten, wie viel Pech Sie doch haben? Oder nach Ihrem Vorschlag, einen Schneemann zu bauen?«

»Es tut mir leid«, sagte ich unglücklich. »Ich wollte Ihnen doch nur einen Gefallen tun.

»Das wollen Sie schon die ganze Zeit. Sehen Sie es ein: Sie schaffen es einfach nicht. Fahren Sie nach Hause und lassen Sie mich endlich in Ruhe.«

Zurück im Hotel ließ ich mir von der Rezeptionistin im Dirndl den Gepäckraum öffnen, und ich holte den Koffer heraus, den ich nach meinem Checkout dort deponiert hatte. Mit etwas Glück würde ich in vier Stunden schon in Ninas und Toms gemütlichem Häuschen sitzen, Leo auf dem Schoß halten und Raclette essen und Wein trinken, bis mir schlecht wurde. Pechsträhne hin oder her! Ich wollte nur noch nach Hause.

»Darf ich der gnädigen Frau ihr Auto bringen?«, fragte mich ein älterer Portier mit Walrossschnurrbart.

Ich schüttelte den Kopf. »Ich bin mit dem Zug angereist und möchte zum Bahnhof!«

Seine Miene wurde fragend. »Hat man es Ihnen an der Rezeption denn nicht gesagt?«

»Was?«

»An der Strecke nach Innsbruck ist bei Bauarbeiten eine Fliegerbombe aus dem Zweiten Weltkrieg gefunden worden. Bis sie entschärft ist, bleibt die Strecke gesperrt.«

»Wissen Sie, wie lange so eine Entschärfung dauert?«

»Ein paar Stunden mindestens. Der Kampfmittelräumungsdienst muss aus München anreisen.«

Von dort, wo ich hinwollte! Das durfte doch alles nicht wahr sein! »Können Sie nachfragen, wie viel ein Taxi nach München kostet?«

Gestern Abend und heute Morgen hatte ich immer mindestens einen Wagen gesehen, der vor dem Hotel stand und auf Gäste wartete.

Der Portier zückte sein Telefon. »440 Euro«, sagte er nach einem kurzen Wortwechsel mit der Taxizentrale.

Ich schnappte nach Luft. Ich hatte mit einem hohen Preis gerechnet, aber so hoch … Ich überlegte gerade, ob es mir diese Summe wert war, so schnell wie möglich von hier zu verschwinden und rechtzeitig zum Heiligen Abend zu Hause zu sein, und ich war zu dem Entschluss gekommen, eventuell ja, da fügte der Portier noch hinzu: »Sie werden sich allerdings noch etwas gedulden müssen, bis ein Wagen kommt. Wegen des Zugausfalls sind derzeit alle Taxen im Einsatz, hat man mir in der Zentrale mitgeteilt.«

»Hat man Ihnen in der Zentrale auch mitgeteilt, wann wieder mit einem zu rechnen ist?«, fragte ich vorsichtig.

»Das konnte mir niemand sagen. Wissen Sie, gnädige Frau, heute ist Weihnachten, da wollen alle so schnell wie möglich nach Hause.«

15. KAPITEL

Ich konnte mir hundert Mal sagen, dass es viel besser war, den Heiligen Abend in einem Fünf-Sterne-plus-Hotel zu verbringen, als irgendwo zwischen St. Anton und Innsbruck im Zug festzusitzen. Doch obwohl die Hotelleitung nach meinem Nervenzusammenbruch so kulant war, mir das Zimmer für die Hälfte des Preises zu überlassen, sollte die Bombe bis heute Abend nicht entschärft sein, hatte ich das Gefühl, in einem nicht enden wollenden Alptraum festzustecken.

Mein Handy klingelte. Ich erwartete, dass es Tom oder Nina waren, die sich – zu Recht! – Sorgen um meinen nervlichen Zustand machten, doch es war Elke. Ich hatte ganz vergessen, sie anzurufen.

»Wie geht es dir?«, erkundigte sie sich.

»Es wird«, sagte ich. Ich bemühte mich um einen nasalen Ton. Schließlich dachte Elke, ich sei krank.

»Ich stehe vor deiner Wohnung. Wo bist du?«

Mist! »Beim Arzt im Wartezimmer.« Ich hustete ein paarmal.

»Weißt du schon, wann du drankommst? Ich habe dir eine Hühnersuppe gekocht, damit du bald wieder auf die Beine kommst. Ist ja wirklich ärgerlich, gerade an Weihnachten krank zu sein. Aber vielleicht habe ich etwas, das dich aufmuntert: Das Weihnachtsgeschäft ist phantastisch gelaufen. Die letzten beiden Tage war im Laden so viel los, das Rosalie und ich kaum auf die Toilette kamen. Sogar die Mittagspause mussten wir ausfallen lassen, weil die Kunden sich die Klinke in die Hand gaben. Wir haben dich also würdig vertreten. Wenn Frau Hasselbusch die Zahlen kontrolliert, wird sie keinen Grund zur Klage haben.«

Ich schluckte. Elke stand mit einem Topf Suppe vor meiner Wohnung, sie und Rosalie hatten ihre Mittagspause ausfallen lassen …

»Ich muss dir was sagen.«

»Was denn?«

»Ich bin nicht krank, und ich bin auch nicht beim Arzt.«

»Du hast mich angelogen? Wieso? Und wenn du nicht beim Arzt bist, wo bist du dann?« Elke klang geschockt.

»Ich bin in Zürs am Arlberg.«

»Du bist in Österreich! Was machst du denn da?«

»Ich bin dem Schornsteinfeger nachgefahren«, sagte ich unglücklich. »Um mich bei ihm zu entschuldigen und damit meine Pechsträhne zu beenden. Und jetzt sitze ich im Hotel fest, weil die Bahnstrecke zwischen St. Anton und Innsbruck gesperrt ist und ein Taxi 400 Euro kostet.« Ich konnte nicht verhindern, dass ein Schluchzer über meine Lippen stolperte.

Eine Zeitlang herrschte Stille am anderen Ende, und ich zweifelte schon daran, dass Elke noch dran war, da hörte ich sie leise sagen: »Es tut mir so unendlich leid, Elisa.«

»Was tut dir leid?«, fragte ich irritiert. »Meine Pechsträhne?«

Elke räusperte sich. »Ich muss dir auch was sagen.« Oh je! Was würde jetzt wohl kommen? Noch mehr Hiobsbotschaften konnte ich wirklich nicht gebrauchen. »Nur zu«, krächzte ich.

»Die Wahrsagerin …«

»Ja!« Was um Himmels willen war mit der Frau? War mein Pech vielleicht auf sie übergesprungen, und ihr war … etwas zugestoßen? Angespannt hielt ich den Atem an.

»Also … sie … sie war nicht echt«, sagte Elke zerknirscht.

»Was?« Ich musste mich verhört haben. »Was heißt das, sie war nicht echt?«

»Sie ist in Wirklichkeit meine Putzfrau. Peggy. – So, jetzt ist es raus!« Elke hörte sich erleichtert an.

»Ich verstehe nicht …«

»Das ist eine längere Geschichte.«

»… die ich wirklich gerne hören würde.« Ich ließ mich auf die Bettkante sinken, weil ich mich nicht imstande fühlte, aufrecht stehen zu bleiben. Die Wahrsagerin war Elkes Putzfrau. War das denn zu glauben?

»Ich erzähle sie dir aber nur, wenn du mir versprichst, dass du mir nicht böse bist«, sagte sie kleinlaut.

»Das kann ich erst hinterher entscheiden.«

»Na schön.« Ich hörte, wie Elke tief Luft holte. »Weißt du, die Mädels aus dem Strickclub … ich habe das Gefühl, dass sie mich noch nicht so richtig akzeptieren. Sie kennen sich schon so lange, und ich bin erst nach der Trennung von Günther dazugekommen … Als ich neulich Peggy bei einem Gläschen Likör mein Herz ausgeschüttet habe, meinte sie, ich solle die Mädels mal zu mir nach Hause einladen, die Scheidung wäre doch ein guter Anlass. Wir haben dann ein bisschen herumgegrübelt, was ich ihnen Besonderes bieten könnte. Damit sie sich wohlfühlen. Und da ist Peggy auf die Idee mit der Wahrsagerin gekommen. Sie hätte noch ein Faschingskostüm zu Hause, sagte sie, und sie könne jedem der Mädels etwas Schönes prophezeien, sodass sie meine Party in richtig toller Erinnerung behalten. Deshalb habe ich ihr ein bisschen von dem erzählt, was sich die Mädels bei den Strickabenden immer erzählen.«

Bis zu einem gewissen Grad konnte ich Elkes verschrobenen Ausführungen folgen, aber etwas kam mir Spanisch vor. »Und wieso hat diese Peggy mir dann nicht auch etwas Schönes prophezeit? Oder muss man dazu Mitglied in diesem exklusiven Strickclub sein?«, versuchte ich mich an einem Scherz.

Elke zögerte einen Augenblick, bevor sie mir antwortete: »Nein. Aber du bist immer so verschlossen und erzählst so wenig von dir. Und mit Richard wollte ich dich an dem Abend nicht schon wieder konfrontieren. Du hattest am Morgen schon so gereizt auf ihn reagiert. Deshalb habe ich Peggy von der Sache mit dem Schornsteinfeger erzählt. Sie sollte dir sagen, dass du dich bei ihm entschuldigen musst und dass du danach glücklich sein wirst bis an dein Lebensende. Aber sie hat sich so in ihre Rolle hineingesteigert, und sie hatte ja auch ziemlich viel Punsch intus … irgendwie ist alles … außer Kontrolle geraten.«

»Dann hat sie sich das alles aus den Fingern gesogen! Meine Aura ist gar nicht schwarz?« Ich war fassungslos. »Aber warum hatte ich dann diese Pechsträhne?«

»Hast du schon einmal von selbsterfüllenden Prophezeiungen gehört?«

Nachdem ich das Gespräch beendet hatte, war ich hin- und hergerissen zwischen Erleichterung und dem Wunsch, Elke mit einer ihrer selbstgestrickten Schals zu strangulieren. Die Wahrsagerin war nicht echt gewesen, genauso wenig wie der Schornsteinfeger. Zumindest war Heiligenbrunner momentan nicht mehr aktiv im Dienst. Nina hatte recht gehabt, ich hatte mich in etwas verrannt. Wie oft war mir schon die Bahn vor der Nase weggefahren! Carla übergab sich ständig, und vielleicht hatte sie auch schon bei Yoga-Ute jedes Jahr den Christbaum abgeräumt – oder Ute als Buddhistin hatte überhaupt keinen besessen. Die Milch war mir am Sonntag nicht zum ersten Mal übergekocht, und die Schneelawine hatte mich nicht getroffen, sondern war einen Meter von mir entfernt aufgekommen. Richard hatte mich per Zufall während des Gottesdiensts angerufen. Das einzig wirklich außergewöhnliche Pech war Leos Auftritt als Geschenk gewesen. Aber so etwas passierte eben mit kleinen Kindern. Ich hatte überdramatisiert, und nun saß ich am Heiligen Abend mutterseelenallein in einem Hotel fest, und der einzige Mensch, den ich zumindest ein bisschen kannte, fand mich furchtbar.

Was konnte ich nur tun, um die Zeit bis zum Abend – oder schlimmstenfalls bis morgen früh – totzuschlagen?

Auf den Weihnachtsroman, den ich mitgenommen hatte, hatte ich in meiner Situation nun wirklich keine Lust. In den Wellnessbereich traute ich mich nicht, weil ich Angst hatte, dort dem nackten Heiligenbrunner zu begegnen. Das Gleiche galt für die Lobby und für die Kaminbar. Mir war es also noch nicht einmal vergönnt, mich in gepflegter Gesellschaft an Cocktails zu betrinken, und allein in meinem Zimmer die Minibar zu plündern, erschien mir am helllichten Tag doch zu traurig. Ich warf einen Blick aus dem Fenster. Noch war es mindestens zwei Stunden hell, die Sonne schien … Kurzentschlossen schlüpfte ich in Skihose und -jacke und verließ mit einer Wanderkarte den Zürserhof. Einer der Animateure hatte mir einen Rundweg empfohlen. Ein zünftiger Spaziergang würde mich hoffentlich so müde machen, dass ich, gleich, nachdem ich das Essen auf meinem Zimmer eingenommen und eine Flasche Wein getrunken hätte, einschlafen und nicht vor morgen früh um fünf wieder aufwachen würde. Um sechs würde ich im Zug zurück nach München sitzen und pünktlich zum Mittagessen bei meinem Bruder, Nina und Leo auftauchen, um das Raclette zu genießen, das sie mir zuliebe auf den ersten Weihnachtsfeiertag verschoben hatten. So lautete der Plan, der mich daran hinderte, auf das Dach des Zürserhofs zu klettern und mich hinunterzustürzen.

Die frische, kalte Luft und der strahlende Sonnenschein, der glitzernde Schnee und die Tannen, die aussahen, als wären sie von einer dicken Schicht Zuckerguss bedeckt, sorgten tatsächlich dafür, dass ich mich ein wenig besser fühlte. Das leise Knirschen des Schnees unter meinen Stiefeln und ein gelegentliches Knacken im Unterholz waren die einzigen Geräusche, die ich auf meinem Weg durch den Winterwald hörte. Um diese Zeit war niemand mehr draußen unterwegs. Alle bereiten sich darauf vor, den Heiligen Abend im Kreis ihrer Lieben zu verbringen. Alle außer mir …

Als ich bereits eine ganze Zeitlang gedankenverloren vor mich hingewandert und noch nicht einmal einem Hasen begegnet war, hörte ich Schritte hinter mir. Ich blieb stehen und drehte mich um.

Es wird doch kein verrückter Massenmörder sein, der an Weihnachten umherzieht und auf der Suche nach einem Opfer ist?, dachte ich ein wenig nervös, aber meine Sorge war unberechtigt. Oder auch nicht. Denn eine leuchtend blaue Jacke tauchte im Schnee auf. Sie gehörte Mark Heiligenbrunner. Wem sonst?

Natürlich sah er mich auch. Er blieb stehen. Auf dem Rücken trug er einen Trekkingrucksack.

»Beachten Sie mich nicht«, sagte ich zu ihm, bevor er mich wieder anmeckern konnte. »Ich bin gar nicht da.«

»Wollten Sie nicht schon längst im Zug sitzen?«, fragte er. Ich versuchte, seine Miene zu deuten. Ärgerlich schien er nicht mehr zu sein, besonders erfreut wirkte er aber auch nicht. Mit etwas Wohlwollen konnte man sagen: Er reagierte auf meinen Anblick neutral.

»Ja, das wollte ich. Aber Bauarbeiter haben auf der Strecke eine Fliegerbombe entdeckt. Sie muss erst noch entschärft werden, und die Taxen waren alle belegt ...«

Er nickte. »Ich habe davon gehört. Macht es Ihnen denn nichts aus, gerade an Weihnachten allein hier festzusitzen?«

»Nein«, log ich. »Ist doch herrlich hier. Berge, Schnee, gutes Essen ... Außerdem sind Sie auch allein.«

»Im Moment nicht.«

Wollte er mit mir flirten, oder wollte er mich daran erinnern, dass ich endlich Land gewinnen sollte? Intuitiv ging ich von Letzterem aus.

»Ich sehe zu, dass ich Ihren Ausgangszustand so schnell wie möglich wieder herstelle. Machen Sie es gut! Ich bin dann mal weg.«

»Wo wollen Sie denn hin?«, hielt er mich zurück.

In die gleiche Richtung wie du, wäre die korrekte Antwort gewesen. Da er sich dann aber nur wieder von mir verfolgt gefühlt hätte, log ich: »Zu dem Hochsitz dort drüben.« Ich zeigte in den Wald.

»Warum?«, erkundigte er sich verwundert.

Weil ich dort oben warte, bis du verschwunden bist, um dann meinen Spaziergang in Ruhe zu beenden. »Ich liebe es, Tiere zu beobachten. Falls wir uns nicht mehr sehen: Frohe Weihnachten!«

Ich stapfte auf den Jägersitz zu.

»Frohe Weihnachten!«, sagte er, doch ich drehte mich nicht mehr um.

Vorsichtig setzte ich einen Fuß auf den untersten vereisten Holztritt des Hochsitzes, um zu überprüfen, ob die Stufen mich aushielten. Es knackte zwar, aber sie schienen stabil. Mit einem mulmigen Gefühl kletterte ich weiter. »Die Aussicht von oben wird mich entschädigen«, dachte ich noch, als ich auf einmal ein lautes Ächzen hörte, und der Hochsitz unter mir nachgab. Dann wurde alles schwarz.

16. KAPITEL

»Gott sei Dank, Sie kommen endlich zu sich!«, hörte ich Heiligenbrunner sagen.

Wo kam der denn schon wieder her? Ich schlug die Augen auf.

»Wo bin ich?«, fragte ich.

Zugegebenermaßen war das sehr klischeehaft, aber ich wusste es wirklich nicht. War ich nicht gerade noch in meinem Hotelzimmer gewesen, und Elke hatte mir gestanden, dass die Wahrsagerin von der Scheidungsparty ihre Putzfrau Peggy gewesen war? Peggy!!! Im Ernst? Hoffentlich halluzinierte ich nicht! Oder sollte ich es mir doch wünschen? Vielleicht. Denn dann würde ich in diesem Moment nicht mit dem Kopf auf Heiligenbrunners Schoß liegen, und er würde nicht mit diesen unglaublich blauen Augen auf mich hinunterschauen …

»Sie sind im Wald. Der Hochsitz, auf den Sie klettern wollten, ist zusammengekracht«, sagte Heiligenbrunner, sein Gesichtsausdruck wurde grimmig. »Diese verdammten Tierschützer! Es ist nicht das erste Mal, dass sie hier in der Gegend einen Jägerstand angesägt haben. – Können Sie aufstehen?«

Ich versuchte, mich hochzustemmen, was mir mit Hilfe von Heiligenbrunner auch gelang. Als ich jedoch meinen rechten Fuß aufsetzen wollte, schrie ich auf.

»Was ist?«, fragte er beunruhigt.

»Mein Fuß … ich glaube, er ist verstaucht. Oder gebrochen …« Aber mit dieser Möglichkeit wollte ich mich vorerst nicht allzu intensiv befassen.

»Darf ich mal sehen?« Heiligenbrunner kniete sich neben mir in den Schnee. Er lockerte die Schürsenkel meines Stiefels und zog ihn vorsichtig aus. Ich biss die Zähne zusammen, um nicht erneut aufzuschreien.

»Das sieht mir nicht nach einem Bruch aus«, sagte er, nachdem er meinen Strumpf heruntergerollt hatte.

»Und woher wollen Sie das wissen? Haben Sie Medizin studiert?«, erwiderte ich zickig.

»Nein, aber ich weiß, dass bei einem Bruch das Gelenk normalerweise nicht so stark anschwillt. Genau kann ich das natürlich nicht sagen. Das muss sich ein Arzt anschauen.« Er tastete seine Jackentaschen nach seinem Handy ab und zog es schließlich heraus. Als er auf das Display schaute, fluchte er leise.

»Was ist?«, fragte ich beunruhigt.

»Ich habe keinen Empfang. Sie vielleicht?«

Nein! Auch mein Handy zeigte keinen Balken an.

»Und jetzt?«, jammerte ich. Ich hatte fast eine Stunde gebraucht, um hierher zu gelangen. Selbst wenn Heiligenbrunner mich stützte, war es unwahrscheinlich, dass ich es schaffte, zum Hotel zurück zu humpeln.

»Ich gehe schauen, ob ich irgendwo Netz finde.«

Nach kurzer Zeit war er wieder zurück. »Der Empfang ist hier oben schon immer schlecht gewesen. Ich muss ein Stück den Berg hinuntergehen.«

»Sie wollen mich allein lassen?« Entsetzt klammerte ich mich an seinem Arm fest. »Bitte nicht. Was ist, wenn ein Wildschwein kommt oder … ein Wolf?« Wurde nicht vor einiger Zeit in den Nachrichten darüber berichtet, dass sich im Vorarlberg ein Rudel angesiedelt hatte?

»Ich bin doch gleich wieder da.«

Die Tatsache, dass er meiner Befürchtung wegen des Wolfs nicht widersprach, versetzte mich noch mehr in Panik. Hatte ich es also richtig in Erinnerung, es gab hier wieder Wölfe! Mein Griff um seinen Arm verstärkte sich.

»Gut.« Er seufzte. »Passen Sie auf. Meine Familie hat ganz in der Nähe eine Hütte. Da bringe ich Sie erst einmal hin.«

»Waren Sie gerade auf dem Weg dorthin?«, fragte ich erleichtert. Ich zeigte auf den Trekkingrucksack, der neben uns im Schnee lag.

Er nickte.

Dann wollte er bestimmt den Heiligen Abend dort verbringen. Vielleicht mit einer Frau. Ich biss mir auf die Unterlippe. Schon wieder hatte ich ihm einen Strich durch die Rechnung gemacht.

»Wieso sind Sie dann eigentlich hier?«

»Ich habe gehört, wie Sie geschrien haben. Hätte ich Sie Ihrem Schicksal überlassen sollen?« Er hob die Augenbrauen.

Das hätte ich ihm nicht verdenken können … Ich fing an, mit den Zähnen zu klappern.

»Und jetzt kommen Sie. Sie stehen unter Schock und sind total unterkühlt. Wir müssen Sie ins Warme schaffen. Eins, zwei, drei …«

Er schob seine Arme unter meine Achseln und zog mich hoch. Den rechten Fuß hielt ich angewinkelt in die Luft. Obwohl ich ihn nicht belastete, tat er höllisch weh.

»Ich glaube nicht, dass ich laufen kann.«

»Dann werde ich Sie tragen.« Bevor ich protestieren konnte, hatte er mich hochgehoben, und ich hing wie ein nasser Sack über seiner Schulter. Wegen seines Armes musste ich definitiv kein schlechtes Gewissen mehr haben.

Die Hütte der Familie Heiligenbrunner war wirklich nicht weit entfernt. Nachdem Heiligenbrunner mich zehn Minuten durch den Wald getragen hatte, tauchte sie vor uns auf. Sie war ganz aus Holz mit einer kleinen Veranda davor. Vier Stufen führten zu ihr hinauf. Sie sah eher aus wie ein Ferienhäuschen und nicht wie der umgebaute Kuhstall oder Heuschober, den ich erwartet hatte.

Er schloss die Hütte auf und trug mich hinein. Auch im Inneren war sie überraschend geräumig. Von einem großen Wohnraum ging eine schmale Treppe hinauf in den ersten Stock. Der Wohnraum war mit einer Kochnische, einem Tisch und sechs Stühlen ausgestattet. Vor einem offenen Kamin standen ein geblümtes Sofa und zwei dazu passende Sessel.

Er setzte mich auf dem Sofa ab. Meine Zähne klapperten immer noch. Ob das an der Kälte lag oder an meinem Schock, konnte ich nicht sagen.

»Legen Sie Ihr Bein hoch. Ich mache ein Feuer im Kamin, dann schaue ich, dass ich Hilfe hole.« Heiligenbrunner fing an, Holzscheite im Kamin aufeinanderzuschichten.

»Haben Sie hier oben denn immer noch keinen Netzempfang?«, fragte ich. Ich selbst hatte keinen.

Er schüttelte den Kopf.

Ich stöhnte auf.

»Ich hole Ihnen von draußen ein wenig Schnee zum Kühlen«, sagte Heiligenbrunner mitleidig.

Eins der Holzscheite hatte Feuer gefangen, und im Kamin begannen erste Flammen, schüchtern zu flackern.

»Haben Sie etwas zu trinken?«, fragte ich. Mein Mund war ganz trocken.

Er griff in seinen Rucksack und holte eine Flasche heraus. »Ein Bier?« Er grinste.

Obwohl es mir wirklich nicht gut ging, musste auch ich schmunzeln. »Eher nicht.«

»Ich kann Ihnen auch einen Tee machen«, bot Heiligenbrunner an. »Meine Familie ist im Sommer öfter hier oben, und meine Eltern haben einen Wasser- und einen Gasanschluss einbauen lassen.« Er ging zur Kochnische und setzte einen Topf Wasser auf.

»Warum sind Sie eigentlich in so einem Hotel abgestiegen, wenn Ihnen in derselben Gegend eine ziemlich komfortable Hütte gehört?«, fragte ich, als ich, in eine dicke Wolldecke gehüllt, mit einer Plastiktüte voller Schnee um den Knöchel und mit einem Glas dampfendem Tee in der Hand vor dem prasselnden Feuer saß. Heiligenbrunner hatte auf einem der Sessel Platz genommen. »Mit Menschen wollen Sie, abgesehen vom Langlaufen, ja offensichtlich nichts zu tun haben. Ein Fan von Wellnessanwendungen sind Sie auch nicht ...«

»Die Hütte ist nicht besonders gut isoliert, und im Winter ist es hier oben auf Dauer zu kalt.«

»Sie hängen wohl sehr an der Region. Ich meine, wenn Sie schon im Sommer so oft hier sind, hätten Sie im Winter ja mal woanders hinfahren können.«

Ich sah, wie sein Brustkorb sich hob und senkte, dann sagte er: »Sie haben ja meine Ex-Freundin heute Morgen kurz kennengelernt. Sie wollte unbedingt einmal den Winter am Arlberg verbringen. Der Urlaub im Zürserhof ... er sollte ein Weihnachtsgeschenk sein.«

Ich schwieg betroffen und wusste nicht, was ich sagen sollte, doch Heiligenbrunner fuhr bereits fort: »Ich hatte schon Anfang des Jahres gebucht und nicht mehr daran gedacht, zu stornieren. Mein Bruder meinte, das sei ein Zeichen, auch ohne sie hinzufahren und es mir so richtig gutgehen zu lassen.«

Und dann war ich gekommen ... »Hat nicht so richtig geklappt, nicht wahr?«, sagte ich mit belegter Stimme.

Er schüttelte nur den Kopf.

»Wussten Sie, dass Ihre Ex-Freundin hier in der Gegend Urlaub macht?«

»Halten Sie mich für masochistisch? – Natürlich nicht. Ich war total überrumpelt, als sie mit ihrem neuen Freund auf mich zukam. Tut mir leid, dass ich deshalb so heftig reagiert habe.«

»Ich hätte mich nicht einmischen sollen.«

»Sie haben es nur gut gemeint.«

Ich senkte den Blick. »Dieser Lars …«, begann ich stockend.

»Ja?«

»Ich frage mich die ganze Zeit, woher ich ihn kenne. Vielleicht ist er ein Kunde in der Buchhandlung.«

Heiligenbrunner lachte freudlos auf. »Das kann ich mir nicht vorstellen. Sie schauen wohl nicht besonders oft Fußball?«

»Nur, wenn Europa- oder Weltmeisterschaft ist.«

»Dann sollten Sie eigentlich wissen, wer er ist.«

»Nein!!«, stieß ich hervor.

»Doch.« Heiligenbrunner nickte verkniffen.

Natürlich! Wenn es nicht so unwahrscheinlich gewesen wäre, dem Nationalspieler Lars Fröhlich bei einem Spaziergang über den Weg zu laufen, wäre ich selbst darauf gekommen.

»Hat Ihre Frau beruflich etwas mit Fußball zu tun?«, fragte ich vorsichtig.

»Sie ist Physiotherapeutin.«

Wir schwiegen eine Weile. Heiligenbrunner starrte in das lodernde Kaminfeuer, und ich beobachtete, wie aus der Tüte, die ich um meinen Knöchel trug, tröpfchenweise Wasser trat und im Bezug des Sofas versickerte.

»Ich glaube, mein Umschlag ist geschmolzen«, sagte ich.

»Soll ich Ihnen einen neuen machen?«

»Nein, mir ist schon kalt genug. Aber ein neues Glas Tee wäre toll. Mit einem Schuss Rum drin, wenn Sie welchen da haben.«

»Habe ich.«

»Im Ernst? Das sollte eigentlich ein Scherz sein.«

»Wollen Sie nun Rum oder nicht?«

Ich nickte.

Heiligenbrunner goss auch sich selbst einen großzügigen Schluck in den Tee. »Ich sollte mich wirklich langsam mal auf den Weg machen.«

»Können Sie nicht noch ein bisschen bleiben?«

»Es wird bald dunkel.«

Ich reckte mich, um einen Blick aus dem Fenster zu werfen. Tatsächlich. Über den Baumwipfeln schimmerte der Himmel bereits rosa.

»Die Engel backen Plätzchen.«

»Wie bitte?«

»Das hat meine Oma immer gesagt, wenn sich der Himmel in der Adventszeit rot verfärbt hat. Jetzt weiß ich natürlich, dass diese kräftige Farbe etwas mit Lichtbrechung zu tun hat, aber die Vorstellung von den backenden Engeln gefällt mir noch immer.«

»Sie lenken ab.«

»Wovon?«, fragte ich unschuldig.

»Sie wollen nicht, dass ich Sie alleine lasse.«

137

»Stimmt«, gab ich verlegen zu. Der Gedanke, allein in dieser Hütte auf Hilfe zu warten, war zwar weniger schrecklich als der, mitten im Wald umgeben von heulenden Wölfen zu sitzen, aber so richtig behagte er mir trotzdem nicht. »Was, wenn Sie nicht zurückkommen? Dann muss ich verhungern oder erfrieren. Wahrscheinlich beides.«

»Sie können sich sicher sein, dass ich zurückkomme. Ich habe schließlich selbst kein Interesse daran, Sie im Frühjahr verwest hier oben vorzufinden.«

»Vielen Dank, nun bin ich beruhigt. Und ich habe keine Angst, dass Sie mich hier absichtlich zurücklassen, sondern, dass Ihnen unterwegs etwas passiert.«

»Mir wird nichts passieren. Aber ich kann gerne warten, bis der Rum anfängt zu wirken.« Da war es wieder, dieses verschmitzte Lächeln. Um seine Augen kräuselten sich Fältchen. Wenn er sich nicht gerade von seiner Frau trennte oder von einer Verrückten in die Berge verfolgt wurde, war er anscheinend jemand, der häufig lächelte …

Gitarrenakkorde rissen mich aus meinen Gedanken, und dann fing Udo Lindenberg auf einmal mit seiner kratzigen, schwermütigen Stimme an zu singen: »*Ich lieb dich überhaupt nicht mehr …*« Verdutzt schaute ich mich um, weil ich nicht wusste, woher diese Musik auf einmal kam, dann fiel es mir ein. Richard! Mit zittrigen Fingern nestelte ich am Reißverschluss meiner Jacke und zog mein Handy heraus.

»Sie haben Empfang!«, hörte ich Heiligenbrunner triumphierend sagen, bevor er spöttisch hinzufügte:

138

»Interessanter Klingelton!« Obwohl ich fassungslos auf das Display starrte, konnte ich sein Feixen deutlich vor mir sehen.

Was wollte dieser verfluchte Richard denn jetzt schon wieder von mir? Ausgerechnet am Heiligen Abend!

»Wollen Sie nicht drangehen?«, fragte Heiligenbrunner, nachdem ich sekundenlang starr wie ein Eiszapfen auf dem Sofa gesessen und nichts getan hatte.

Wollte ich?

»Nein«, sagte ich, und zu meiner Verwunderung merkte ich, dass ich es ganz genauso meinte. Ich drückte den Anruf weg.

Ich hatte das Handy noch nicht wieder in die Jackentasche zurückgestopft, als mit einem lauten Piepen eine Textnachricht einging.

Ignorier sie! Steck das Ding einfach weg!, befahl ich mir, doch mein Geist war schwach. Ich öffnete die Nachricht und las: »*Julias Vater ist heute Morgen gestorben.*«

Der Vater, der an Bauchspeicheldrüsenkrebs erkrankt war. Mein Herz pochte auf einmal unnatürlich laut und fest gegen meine Rippen. Ich hatte gedacht, Richard hätte mich auch in dieser Hinsicht angelogen. Doch anscheinend hatte er zumindest in diesem Punkt die Wahrheit gesagt …

Vor ein paar Tagen hätte ich mich über den Tod des bedauernswerten Mannes vermutlich gefreut, nun verspürte ich nur Bedauern. Die arme Julia. Der Vater tot, der Mann ein Arschloch … *Julias Vater ist tot …*

»*Dann sei für sie da*«, schrieb ich zurück, bevor ich Richard als Kontakt blockierte und seine Nummer löschte.

»Schlechte Nachrichten?« Heiligenbrunner sah mich mit seinen blauen Augen mitfühlend an.

Ich schüttelte den Kopf. »Nicht für mich.«

17. KAPITEL

»Komisch, ich habe immer noch keinen Empfang!« Heiligenbrunner musterte mit gerunzelter Stirn sein eigenes Handy. »Darf ich Ihres benutzen? Ich rufe bei der Bergrettung an, und in Nullkommanichts sind Sie wieder in Ihrem Hotelzimmer.«

Ich zögerte einen Augenblick, bevor ich es ihm widerwillig reichte. Allein auf meinem Zimmer oder in der Lobby zu sitzen, dieser Gedanke hatte auf einmal überhaupt nichts Verlockendes mehr. Und so hatte ich überhaupt nichts dagegen, als Heiligenbrunner mir das Handy mit den Worten zurückreichte: »Ein bisschen müssen Sie sich noch gedulden. Zurzeit sind alle Einsatzkräfte unterwegs.«

Ich senkte den Blick und atmete auf.

Heiligenbrunner interpretierte diese Geste falsch. »Möchten Sie eigentlich etwas essen?«, fragte er hastig. »Sie werden sehen, dass die Zeit dabei wie im Flug vergeht.«

Ich nickte. Meine letzte Mahlzeit war das Frühstück gewesen, und erst jetzt merkte ich, wie hungrig ich war.

Vermutlich lag es daran, dass der Stein, den ich seit Wochen in meinem Magen herumgetragen hatte, verschwunden war und deshalb endlich wieder Platz für Nahrung war. Heiligenbrunner holte dunkles Vollkornbrot und kalten Braten mit frisch geriebenem Meerrettich aus seinem Rucksack, und gemeinsam machten wir uns darüber her. Ich verspeiste alles bis zum letzten Krümel, und als ich fertig war, war ich immer noch nicht satt.

»Wenn ich gewusst hätte, dass ich beim Essen zu zweit sein würde, hätte ich die doppelte Menge eingepackt«, entschuldigte er sich. »In der Hütte müsste noch irgendwo eine Tüte Marshmallows sein.«

»Ich dachte, außer Schwarzwälder Kirschtorte mögen sie nichts Süßes?«, neckte ich ihn, während er in einem der Küchenschränke vergeblich danach suchte. Mit vollem Bauch sah die Welt gleich viel weniger schwarz aus.

»Mag ich auch nicht. Aber meine Nichte Marlena liebt dieses Zeug. Genauso wie Zuckerwatte, mit Schokolade überzogene Äpfel, gebrannte Mandeln, Alpenbrot …« Er verzog das Gesicht.

Ich dagegen lachte auf. »Die Kleine hat einen guten Geschmack. Auf Weihnachtsmärkten bin ich nicht zu halten.«

»Marlena und Sie würden sich gut verstehen. Nach unserem letzten Besuch auf dem Weihnachtsmarkt habe ich schon befürchtet, dass das arme Kind einen Zuckerschock erleidet, so viele Süßigkeiten hat sie in sich hineingestopft.«

»Sie mögen Ihre Nichte gern, nicht wahr?«

»Sie ist fünf Jahre alt, immer ganz in rosa gekleidet und hat eine Zahnlücke …« Er verdrehte die Augen, bevor er knurrte: »Ja, ich mag sie.«

Und bevor Nationalspieler Lars in deine Ehe getrampelt war, hättest du dir bestimmt vorstellen können, selbst so ein kleines, Süßigkeiten liebendes Wesen zu haben.

»Es tut mir leid«, sagte ich impulsiv.

»Was? Dass ich mich von rosagekleideten Frauen mit Zahnlücke um den Finger wickeln lasse?«

»Nein, natürlich nicht.« Ich schüttelte den Kopf. »Das finde ich sehr sympathisch. Ich meine, dass Ihre Ehe in die Brüche gegangen ist.« Ich nahm noch einen großen Schluck Tee, und obwohl ich normalerweise ein Mensch war, der seine Sorgen und Probleme mit sich selbst ausmacht, hatte ich auf einmal das Bedürfnis, mit jemandem zu sprechen. Vielleicht lag es auch am Rum, oder an der Tatsache, dass auch sein Herz vor kurzem erst gebrochen worden war, vielleicht wurden in dieser Hütte auch die Gesetze der normalen Welt außer Kraft gesetzt … Was auch immer es war, auf jeden Fall erzählte ich ihm von Richard. Wie wir uns kennengelernt hatten, von seinen ständigen Beteuerungen, seine Frau zu verlassen, vom unrühmlichen Ende unserer Beziehung. Und da ich mich nun sowieso schon vor ihm entblößt hatte, und weil der Rum mir immer mehr zu Kopf stieg, erzählte ich ihm auch von Sascha, der mich wegen eines Mannes verlassen hatte. Ehrlich gesagt hatte ich von Anfang an die Vermutung gehegt, dass er schwul war. Welcher heterosexuelle Mann zupft sich schon die Augenbrauen und geht zur Pediküre? Und ich erzählte ihm von Alex. Als Teenager war ich mit dem Freund und ehemaligen Bandkollegen meines Bruders einmal vier Wochen zusammen gewesen, bevor er mich wegen Lola, die eine Klasse über mir war, verlassen hatte. Und obwohl ich wusste, dass Alex die Frauen wechselte wie andere Männer ihre Unterhosen, hatte mich dieses Wissen nicht daran gehindert, ihm jahrelang hinterherzutrauern. Das Pech der letzten Tage hatte ich mir wohl eingebildet, an meinem Pech mit Männern jedoch gab es nichts zu rütteln.

Während ich erzählte, beobachtete ich Heiligenbrunners Miene angespannt, um beim kleinsten Anzeichen von Spott – oder Langweile! – abbrechen zu können, doch er hörte mir aufmerksam zu.

»Vielleicht suchen Sie sich instinktiv immer Männer aus, die Sie nicht haben können, um nicht verletzt zu werden«, sagte er nachdenklich, nachdem ich geendet, und er einige Augenblicke geschwiegen hatte. Er legte seine Unterarme auf die Knie und beugte sich vor. Auf einmal waren seine tiefblauen Augen, seine Nase und sein Mund meinem Gesicht ziemlich nah. Mir war zuvor noch nie aufgefallen, dass er ein Grübchen am Kinn hatte, dass seine Unterlippe ein klein wenig voller war als seine Oberlippe, dass seine Zähne weiß und abgesehen von einer kleinen abgebrochenen Ecke am rechten Vorderzahn regelmäßig waren und dass sein Aftershave nach einem Hauch von Zimt roch …

Ich hielt unwillkürlich den Atem an. »Das kann ich mir nicht vorstellen«, sagte ich mit brüchiger Stimme. »Denn ich werde ja trotzdem verletzt.«

»Aber nicht so sehr, wie wenn Sie sich ganz auf einen dieser Männer eingelassen hätten«, sagte er, und ich bildete mir ein, dass auch seine Stimme sich ein wenig rauer anhörte.

Was geschah mit uns?

Ich setzte mich auf, um wieder Abstand zwischen uns zu bringen. »Danke für diese Sitzung, Dr. Freud«, sagte ich ironisch, doch ein leichtes Zittern meiner Stimme konnte ich nicht verbergen. Und ich war nachdenklich geworden. Vielleicht war ich bisher in meinem Leben wirklich immer auf Nummer sicher gegangen? Nicht nur in Bezug auf Männer. Sondern in Bezug auf alles.

Nach der Schule hatte ich zum Beispiel nicht wie viele meiner Klassenkameraden eine Zeit im Ausland verbracht, ich war auch nicht in eine andere Stadt gezogen, um dort zu studieren. Ich hatte überhaupt nicht studiert, obwohl meine Abiturnoten es ohne Weiteres erlaubt hätten. Stattdessen war ich zu Hause bei meinen Eltern wohnen geblieben und hatte eine Lehre als Buchhändlerin angefangen. Obwohl ich schon jahrelang in diesem Beruf arbeitete, wagte ich es nicht, mich selbstständig zu machen, sondern führte, aus Angst zu scheitern, den Laden meiner schrecklichen Chefin. Aber die hasste »Lizzies Bücherträume«, sie wollte das Geschäft am liebsten sofort loswerden. Was hielt mich eigentlich davon ab, zu ihrer Mutter, der alten Frau Lehner, zu gehen und sie zu fragen, ob sie es mir verkaufen würde? Auch nach Abzug der 900 Euro, die mich dieser Kurztrip in die Berge kostete, war auf dem Konto, das meine Eltern für mich angelegt hatten, noch genug Geld. Ob meine Mutter wegen der Sache mit dem Handy in der Kirche noch böse auf mich war? Im Laufe des Abends würde ich es wohl erfahren, denn sie rief an Weihnachten zwar nicht an, schickte aber zumindest immer eine SMS von ihrem Kreuzfahrtschiff. Jedenfalls hatte sie das in den letzten Jahren immer getan.

»Über was denken Sie nach?«, fragte Heiligenbrunner und brachte mich mit dieser Frage wieder ins Hier und Jetzt zurück. Auch er bemühte sich nun um einen sachlichen Ton.

»Ach, über meine Eltern …«, sagte ich vage.

»Bestimmt wären Sie nun viel lieber bei ihnen. Vermissen Sie sie?«

Ich zuckte mit den Schultern. »Sie wären über Weihnachten sowieso nicht zu Hause gewesen.«

»Wo sind sie denn?«

»Sie unternehmen schon seit ein paar Jahren über Weihnachten immer eine Kreuzfahrt. Um dem schlechten Wetter in Deutschland zu entfliehen …«

»Sie könnten mitfahren.«

»Ja, vielleicht.« Das wäre tatsächlich eine Möglichkeit, auch wenn ich Weihnachten liebte und mir nicht vorstellen konnte, die Feiertage in der Sonne und ohne den kleinsten Weihnachtsbaum zu verbringen. Vielleicht könnte ich aber auch einmal eine ihrer Entscheidungen nicht einfach so hinnehmen, sondern ihnen sagen, dass ich mich freuen würde, wenn sie ihre Kreuzfahrt verschieben und das Fest mit ihrer Familie feiern würden. »Vielleicht könnten wir auch einmal zusammen mit meinem Bruder und seiner Familie in die Berge fahren«, sagte ich mehr zu mir selbst als zu ihm. »Das haben wir früher hin und wieder gemacht.« Tom und ich waren zwar meistens von unseren Au-pair-Mädchen betreut worden, aber wenn unsere Eltern mit uns in den Urlaub fuhren, hatten sie sich immer Zeit für uns genommen.

Ein Bild von einem lange vergangenen Weihnachtsnachmittag stieg in mir auf. Tom und ich kauerten eng aneinandergedrängt unter einer mit Schnee bedeckten Tanne. Unsere Mutter rüttelte sacht an einem Zweig, und winzige Schneekristalle rieselten auf uns herunter und setzten sich auf unseren Mützen, Haaren und Jacken fest.

»Es schneit«, hatte sie gerufen, und obwohl dieser Nachmittag mindestens zwanzig Jahre zurücklag, hatte ich ihr fröhliches Lachen noch immer im Ohr.

Anschließend waren wir zu unserem Chalet zurückgegangen. Weil ich so traurig darüber war, dass wir in unserem Apartment keinen eigenen Weihnachtsbaum hatten, hatten wir alle gemeinsam eine Schneelaterne gebaut. Mein Vater stellte eine Kerze hinein.

»Wenn es so dunkel ist, dass ihr ihren Lichtschein seht, ist Weihnachten«, sagte er.

Tom und ich hatten unsere Nasen an der Fensterscheibe plattgedrückt und gespannt darauf gewartet, dass die Sonne unterging und die Schneelaterne anfing zu leuchten, damit endlich die Bescherung beginnen konnte.

Dieser Weihnachtsabend war wundervoll gewesen.

Tränen stiegen in meine Augen, und meine Nase fing an zu laufen. Ich zog sie hoch.

»Entschuldigung«, sagte ich zu Heiligenbrunner, »ich weiß gar nicht, was mit mir los ist. Mein Fuß tut immer noch weh, und die letzten Tage … das war wohl alles ein bisschen viel.«

Heiligenbrunner reichte mir wortlos ein Papiertaschentuch. Zum zweiten Mal an diesem Tag. Erneut stiegen Tränen in meine Augen.

Dankbar nahm ich das Taschentuch und schnäuzte mir die Nase. Mittlerweile war das leuchtende Abendrot vor dem Fenster einem bläulichen Violett gewichen. Bald würden sich alle Menschen unten im Tal um den Tannenbaum versammeln und Geschenke auspacken. Oder den Gottesdienst besuchen, gemeinsam am Tisch sitzen, essen und lachen …

»Es tut mir leid, dass ich dir den Weihnachtsabend verdorben habe«, platzte es aus mir heraus. Das Du war mir dabei ganz automatisch über die Lippen gekommen.

Heiligenbrunner schwieg so lange, dass ich mir schon fast überlegte, ob ich auf einem Bein durch die Hütte hüpfen und der Bergrettung entgegenhumpeln sollte, doch auf einmal räusperte er sich, und er sagte leise: »Das hast du nicht. Das hast du ganz und gar nicht.«

»Nein?«, fragte ich verblüfft – auch, weil er beim Du geblieben war.

Mark schüttelte den Kopf. »Weißt du, seit Nathalie mich wegen dieses Fußballspielers verlassen hat, habe ich nichts anderes getan, als zu arbeiten und darüber nachzugrübeln, an welchem Punkt unsere Beziehung auseinandergegangen ist. Ich habe mich gefragt, ob ich es hätte verhindern können, dass sie sich in ihn verliebt hat. Ich wollte nicht akzeptieren, dass solche Dinge nun einmal passieren, dass Gefühle vergehen. Oder sich ändern. Aber nachdem du aufgetaucht bist …«, er überlegte kurz, »… hatte ich andere Probleme.« Ein breites Lächeln erschien auf seinem Gesicht.

»Du … du meinst also, ich habe dir mit meinem Besuch einen Gefallen getan?«, sagte ich. Ganz so leicht kam mir die vertrauliche Anrede noch nicht über die Lippen.

»Ja. Herzlichen Glückwunsch.« Er nickte wie zur Bestätigung. »Damit dürfte deine Pechsträhne beendet sein.«

»Ach so. Ja«, stammelte ich. »Beziehungsweise nein. Habe ich … dir das denn noch gar nicht erzählt?«

»Was?«

»Die Wahrsagerin war gar keine Wahrsagerin, sondern die Putzfrau meiner Kollegin. Peggy. Elke fand, es würde ihre Scheidungsparty zu einem unvergesslichen Erlebnis für ihre Gäste machen, wenn Peggy als Frau Elvira ihnen die Zukunft voraussagt. Das ganze Pech, das ich erlebt habe, war also vermutlich doch nur Zufall. Beziehungsweise dein Glück.« Ein unbeschwertes Kichern entwich mir.

Er hob fragend eine Augenbraue. »Wie das?«

»Wenn ich mir meine Pechsträhne nicht eingebildet hätte, wäre ich niemals in deinem Urlaub aufgetaucht und hätte dir über die Trennung von deiner Frau hinweggeholfen.«

»Na ja, dass ich sie komplett überwunden hätte, würde ich nun auch nicht behaupten«, schwächte er meinen Triumph ab. »Nathalie und ich waren schließlich ziemlich lange zusammen, und dass ich ausgerechnet gegen einen Spieler der deutschen Fußballnationalmannschaft ausgetauscht wurde, habe ich auch noch nicht verkraftet. Aber es geht mir auf jeden Fall ein bisschen besser.«

»So gut, dass du im Gegenzug dazu bereit bist, nun mir einen Gefallen zu tun?«, fragte ich.

»Ich habe dich bereits nach deinem Sturz vom Hochsitz davor gerettet, zu verhungern oder zu erfrieren«, gab er zu bedenken.

»Oder von einem Wolf verspeist zu werden«, fügte ich hinzu. »Du hast recht. Wir sind schon längst quitt. Schade.« Ich seufzte.

»Wieso? Was für einen Gefallen hätte ich dir denn tun sollen?«

Spontan antwortete ich: »Bau eine Schneelaterne mit mir. Das habe ich seit Jahren nicht mehr getan.«

Mark richtete seinen Blick bedeutungsvoll auf meinen dick angeschwollenen Fuß.

Das ließ ich nicht gelten. »Wenn du mir einen Stuhl hinausträgst, kann ich mich darauf setzen und dir die Schneebälle reichen. Was sagst du dazu?«

»Dass du eine Nervensäge bist und ansonsten ja sowieso keine Ruhe geben würdest«, antwortete er, aber seine Stimme ließ ihre frühere Schroffheit vermissen. Im Gegenteil, sie klang fast ein wenig liebevoll. Ein ganzer Schwarm Schmetterlinge flatterte aufgeregt in meinem Magen.

Mark half mir in meinen Schuh, ich zog meine Jacke an, und obwohl ich mich auf seinen Arm stützen musste, um hinauszugelangen, fühlte ich mich auf einmal ganz schwerelos.

Er brachte mir einen Stuhl heraus, und ich ließ mich darauf nieder. Ich formte eine Schneekugel nach der anderen, während ich beobachtete, wie er sie mit seinen kräftigen Händen zu einer Pyramide aufeinanderstapelte.

»Hier! Die letzte.« Ich reichte ihm die kleine eisige Kugel.

Er setzte sie auf die Spitze, dann zog er ein Teelicht aus der Jackentasche und zündete es an.

Ich drückte mich aus dem Stuhl nach oben, und schweigend schauten wir zu, wie sich die Dunkelheit schwer über das Tal senkte und Bäume und Bergkuppen aussehen ließ wie schwarzer Scherenschnitt. Mark stand so eng neben mir, dass sich die Ärmel unserer Winterjacken berührten, über unseren Köpfen funkelten Milliarden Sterne, und auf einmal kam mir der Gedanke, dass sich meine vermeintliche Pechsträhne gerade als absoluter Glücksfall entpuppte.

Ich betrachtete die sanft leuchtende Schneelaterne. »Jetzt ist für mich Weihnachten«, sagte ich leise.

Mark und ich lächelten uns an. Seine Hand tastete nach meiner, und genau in dem Moment, in dem sich unsere Finger ineinander verschränkten, fing es an zu schneien.

Wer nicht an Magie glaubt, wird sie niemals entdecken, hatte der Schriftsteller Roald Dahl geschrieben.

Ich hatte nie an Magie geglaubt.

Nun war ich bereit, es zu tun.

DANKSAGUNG

Mit dieser Geschichte habe ich mir selbst eine ganz besondere Freude gemacht. Ich habe nämlich schon seit langem davon geträumt, einen Weihnachtsroman zu schreiben.

Dass „Zimtzauber" nun fertig vor mir liegt, verdanke ich vor allem Nikola Hotel für ihre Schornsteinfeger-Anekdote und meinen Lesern bei Facebook: Dorothée Gartenfee, Claudia Perc, Debbi Hild-Kohnen, Ivy Bell, Vanessa Lippel, Bettina Sprenzel, Lisa Dewald, Ivonne Kühl, Michelle Schrenk, Car Ina, Jil Aimée Bayer, Michaela Wachter, Andrea Braun, Sylvia Schuth, Mia Hohme, Nicole Pichler und Beate Bedesign. Sie haben mit mir gemeinsam überlegt, wie Elisas Pechsträhne aussehen und mit welchen Aufmerksamkeiten sie Mark Heiligenbrunner überschütten könnte, um ihr Karmakonto wieder aufzufüllen.

Danken möchte ich auch meiner lieben Lektorin Anne Fröhlich und Nadine Wolf, die sich auf die Suche nach letzten Fehlern gemacht hat. Fußrelexzonenmassage, Nachttisch, Treckingrucksack …, ich bin wirklich froh, dass du so ein gutes Auge hast, Nadine.

Die Sächsisch-Übersetzungen verdanke ich dem Thriller-Autor Elias Haller. Vielen Dank dafür, mein Lieber!

Und zu guter Letzt möchte ich dem Jungen aus meinem Tanzkurs danken, der sich vor 26 Jahren vor mich stellte und sagte: „Deine Aura ist ja ganz verbeult. Die muss ich geraderücken!" Wenn mir sein Name wieder einfällt, und ich herausfinde, wo er nun wohnt, werde ich ihm auf jeden Fall etwas schenken.